Kadokawa Fantastic Novels

青春豬頭少年不會夢到正義護理師

鴨志田 一

插畫● 溝口ケージ

我們也拍張照片吧。
標題就命名為「抵達江之島」——
國見佑真
在峰原高中認識到現在，咲太的少數好友之一。
高中畢業後立刻出社會，結束長達半年的訓練，
成為消防員，每天忙碌地工作。

梓川咲太
和往常一樣沒有智慧型手機，
有點古怪的大學一年級生。
順利考上麻衣就讀的大學，
每天過著平穩的生活。
雙葉理央
就讀國立大學的一年級生。
高中時代經常一個人待在物理實驗室，
不過在大學似乎也交到朋友了。
和咲太在同一間補習班打工擔任講師。

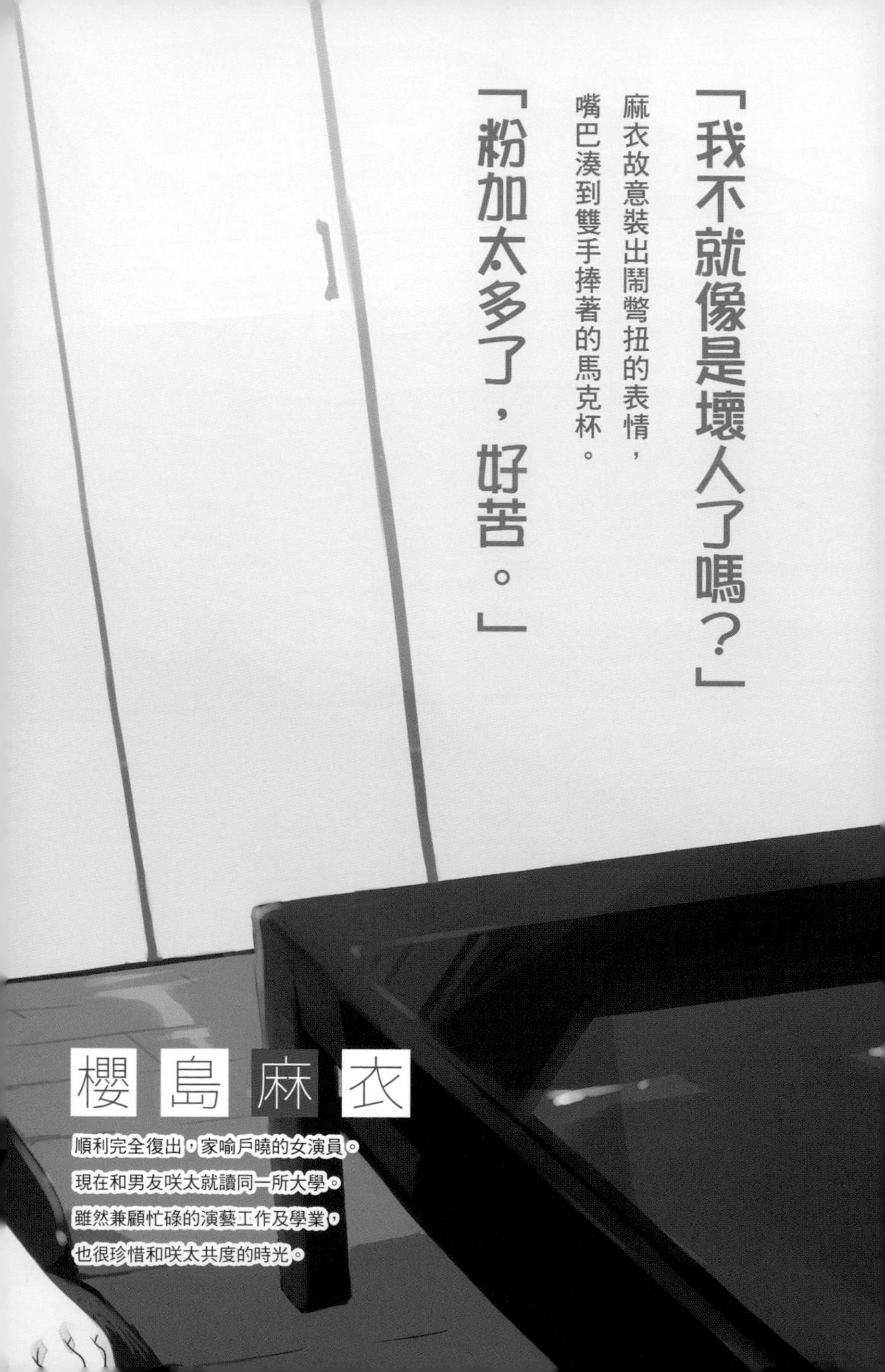
「我不就像是壞人了嗎？」
麻衣故意裝出鬧彆扭的表情，
嘴巴湊到雙手捧著的馬克杯。
「粉加太多了，好苦。」
櫻島麻衣
順利完全復出，家喻戶曉的女演員。
現在和男友咲太就讀同一所大學。
雖然兼顧忙碌的演藝工作及學業，
也很珍惜和咲太共度的時光。

赤城郁實

咲太國中時代的同班同學。

和咲太等人在同一所大學就讀護理系。

一手創立志工團體的優等生，

最近卻似乎熱衷於另一項活動……

某人站在窗邊，最前方座位的旁邊。
身上穿著和高中教室格格不入的便服——
被夕陽照亮的秀髮隨著海風輕柔飄揚。

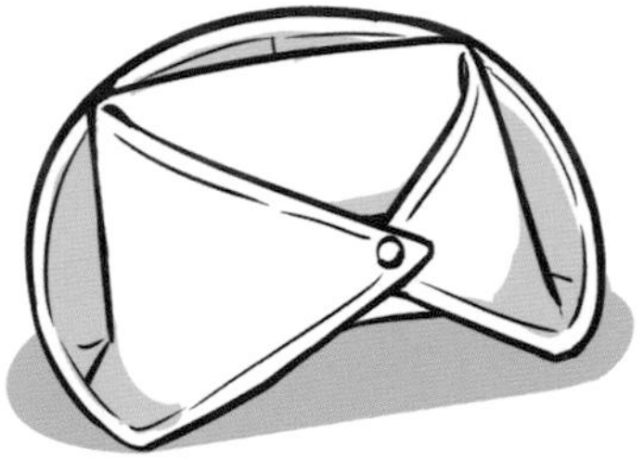

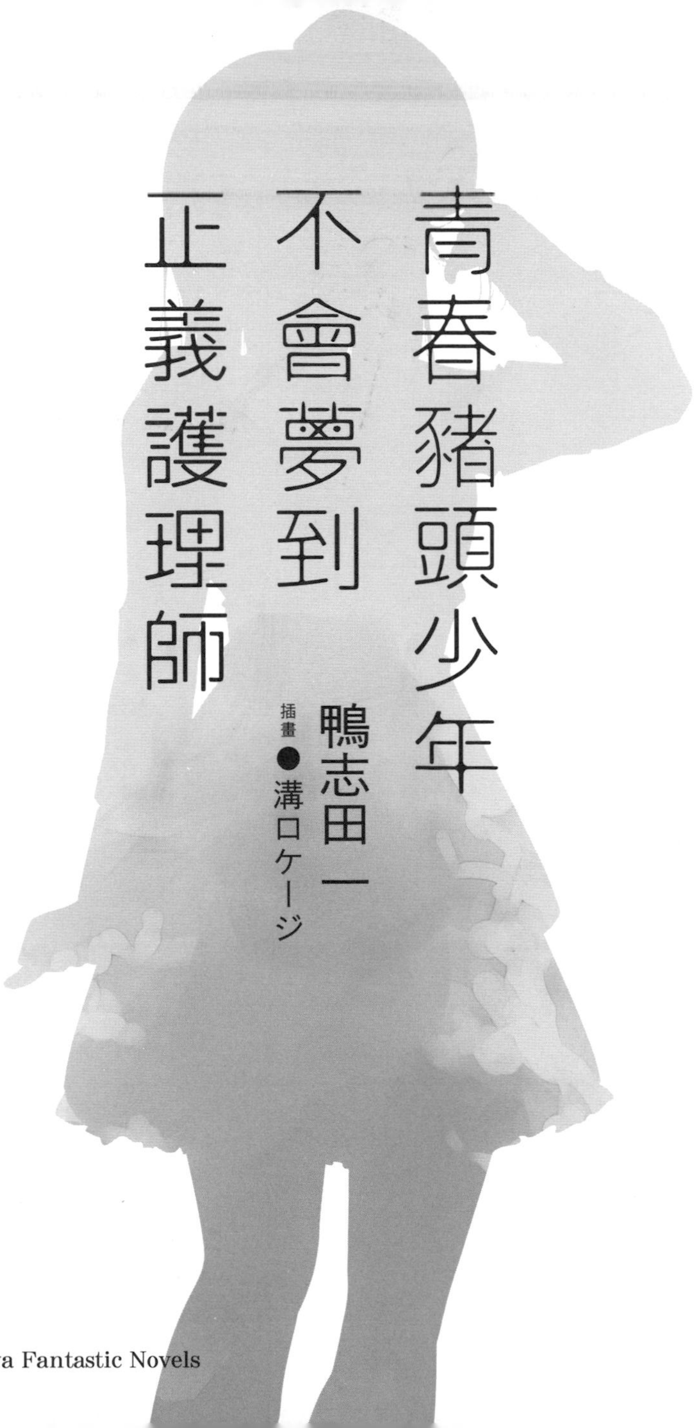

青春豬頭少年不會夢到正義護理師

鴨志田一
插畫●溝口ケージ

Kadokawa Fantastic Novels

不是這裡。
不是這裡。
大喊著不是這裡。
即使嘶喊了好多好多好多次。
尋找帥氣的自己，
揭露遜色的自己，
就在這裡。
想在最厭惡的這個世界，
發現最喜歡的事物。

節錄自霧島透子《Hilbert Space》

第一章

正義使者

1

這天，梓川咲太在片瀨江之島站的驗票閘口前方等待朋友會合。

十月最後的星期日，三十日。時間將近正午。

仰望天空一片晴朗，令人身心舒暢。

真的可以說是最適合外出的和煦天氣。

經過改建工程而全新蛻變的車站，在藍天之海的海底優雅迎接來訪的眾多觀光客。令人印象深刻的拱形門、精細加工的裝飾，甚至和新江之島水族館合作設置一座水母的水槽，感覺比以前更像是龍宮城。

「變了好多啊。」梓川身旁的國見佑真感觸良多般低語。不過以咲太的角度來說，現在說這句話的本人同樣變了很多。

佑真結束長達半年的消防員訓練回來之後，體格壯了一圈，甚至隔著衣服都看得出粗壯的上臂與厚實的胸膛。頭髮整齊地剪短，臉龐比六個月前成熟許多。

出社會就是這麼回事吧。

消防員是攸關人命的職業，或許是這份自覺使他的表情變得成熟。半年不見的這段期間，隱約具備了精悍的氣息。

「國見，我問你。」

咲太以一如高中時代的語氣詢問這樣的佑真。

「嗯？」

佑真移動視線瞥向咲太。

「你喜歡迷你裙聖誕女郎嗎？」

「不，不算喜歡。」

聲音聽起來興趣缺缺，視線也移回車站的方向。

「所以是很喜歡？」

「對，很喜歡。」

佑真用力點頭。即使外表成長，會配合這種玩笑話的平易近人的個性也完全沒變。

「比方說，如果在那附近看見迷人的迷你裙聖誕女郎，你會怎麼做？」

「會看第二次。」

「我想也是。」

「然後會日不轉睛盯著看。」

「我想也是。」

兩人進行充滿默契的對話之後相視而笑，此時背後有人搭話。

「這種差勁透頂的話題還要聊多久？」

咲太與佑真同時轉身。後方是朋友傻眼至極的表情。

是另一名約在這裡會合的對象——雙葉理央。

寬鬆樸素的束腰上衣，稍微露出腳踝的長褲。鞋子是休閒短靴，大概是鞋底稍微加厚，理央的視線比平常高。最近她大多戴隱形眼鏡，但今天是戴普通眼鏡。

話說回來，她為什麼不是從驗票閘口，而是從咲太與佑真的背後出現？

咲太說出這個單純的疑問之前……

「我比較早到，所以先在這附近散步。」

理央就告知原因。

「雙葉，好久不見。」

「國見，你也是。」

「積了很久的話題到店裡再聊。那間店十二點就會客滿吧？」

聽到咲太的提議，三人朝著大海的方向踏出腳步。

「一段時間不見，咲太與雙葉都變了耶。」

佑真吃著端上桌的水煮魩仔魚蓋飯，朝咲太與理央看了好幾次之後說出這個感想。

從片瀨江之島車站徒步約五分鐘，如果沒被１３４號國道的紅燈擋下就只有兩三分鐘的路程……在觀光中心轉進旁邊小巷就看得見的這間人氣海鮮餐廳正如預料，明明還不到十二點就已經高朋滿座。

大致看起來，大多是來江之島觀光的人們。可能是在過橋上島之前先填飽肚子，或是從島上回來稍作休息吧。

「我哪裡變了嗎？」

咲太毫無自覺。說到好懂的變化，頂多就是從峰原高中畢業之後就不再穿制服了。

「變最多的是國見吧？」

理央在咲太旁邊這麼說。她吃的是以生拌魚泥做成蓋飯的員工餐，大片海苔可以撕碎灑在蓋飯上，也可以自製手卷壽司的一道料理。不只如此，最後還可以將湯倒入碗中做成茶泡飯，是直到最後都能享受味覺變化的人氣餐點。

「我哪裡變了？」

佑真學咲太說出同樣的話語反問。人或許不容易發現自己的變化。自己的模樣每天都看得見，這也在所難免。

「髮型、臉孔、體格……我覺得變了很多。」

理央平淡地指出。「哎，或許吧？」佑真姑且說得像是可以接受，但表情看起來似懂非懂。

「消防員平常的生活是什麼感覺？」

咲太當然知道消防員這個職業，也大致知道附近消防隊在哪裡，卻意外地不知道工作內容。

「基本上是以二十四小時為單位勤一休一。比方說這週，我昨天早上出勤，在消防隊值勤到今天早上，和前來出勤換班的隊員交接，接著輪休一整天，然後明天早上出勤交接。」

「交接之後又要值勤到隔天早上嗎？」

「對。」

實際做起來肯定很折騰，佑真卻面不改色地這麼說，所以實在感覺不到辛苦。

「換句話說，今天的你是剛值完夜班輪休？身體不要緊嗎？」

「因為會找時間和同事輪流小睡。但是為了隨時可以出動，制服一直穿在身上。」

「是喔。不過，既然每天輪流出勤與輪休……那假日很多耶，真好。」

實際計算，有一半的日子是假日。

「輪休並不是單純放假吧？」

理央如此指摘。

「雙葉說的沒錯，收到通知就要立刻出勤，而且輪休是為了隔天的勤務好好休息。」

「休假也是工作內容是吧。」

確實，要是消防隊員前一天盡情玩樂，在緊要關頭無法發揮能力就頭痛了。

「總之，就是這種感覺。」

雖說消防員是特殊職業，不過心態和悠哉的大學生截然不同。

「國見真的出社會好好工作了耶。」

「當然有好好工作啊。至少在吃水煮魩仔魚蓋飯的時候可以加點炸雞塊。」

佑真說著以筷子夾起炸雞塊放入口中，津津有味地咀嚼。以高中時代的金錢概念確實點不起。說起來，以前三人見面根本不會選這間店。

「可惡的暴發戶。」

咲太也從桌上的盤子拿起一顆炸雞塊送入口中。

「雙葉，妳也可以吃喔。」

「那我吃一塊就好。」

和咲太不同，理央客氣地伸出筷子，選擇最小顆的炸雞塊。大概有一半是對佑真客氣，一半是在意熱量吧。

咲太思考這種事的時候，理央從旁瞪了過來。明明咲太什麼都還沒說……

「我反倒要問，大學那邊怎麼樣？果然很開心嗎？」

多虧佑真發問，咲太得以從理央的視線解脫。

「普普通通，過著平凡無奇的每一天。」

「梓川你不開心的話不太妙吧？因為櫻島學姊和你同校。」

「系所不一樣，我們只有午休時間見得到面。」

不只如此，麻衣是誇稱家喻戶曉的當紅女星，工作當然繁忙，總是不一定能來大學上課。

「哦～～這樣啊。雙葉妳呢？」

佑真將話鋒轉向理央。

「我的話……」

她露出稍微思索的表情。

「普普通通。」

接著和咲太一樣這麼回答。

「大學生不是會加入社團嬉鬧，或是參加聯誼狂歡嗎？」

這種認知感覺相當偏頗，但事實上的確有這一面。真的有大學生將各式各樣的交遊放在生活中心，甚至有社群是以參加聯誼的次數與交換聯絡方式的異性人數來決定這個人的價值。

「我以外的大學生或許是這樣吧。」

咲太沒熱衷參加社團活動，也沒去過聯誼之類的場合。

「甚至沒人邀過我。」

「原因是你有一位全世界最可愛的女友吧。」

如理央所說，大學的學生都知道咲太和麻衣交往，不可能刻意邀他聯誼。

「既然說這種話，那雙葉妳呢？去過嗎？」

至少咲太至今沒聽過理央說這種話題。

「怎麼可能。」

理央加重語氣否定。這句話聽起來隱含「我這種人不可能」的意思。

「去過也沒關係啊。」

該說一如往常嗎……理央對自己的評價莫名地低。假設現在發問卷給店裡的客人做答，應該有八成左右會回答「理央是美女」。她讀大學之後開始上淡妝，內斂的魅力逐漸吸引他人目光。

不過理央堅稱「這只是梓川多心了」……

「不過，有人邀過妳嗎？」

佑真吃完最後一口魩仔魚蓋飯，問了更深入的問題。看來佑真也沒聽漏理央話語背後隱藏的某種東西。

「這，有是有啦……」

理央以逼不得已的語氣坦承。

「我沒聽妳說過這件事。」
「我為什麼非得告訴梓川你啊？」
「我們是朋友啊。」
「而且那天我要兼職當補習班講師。」
「看來妳是用這個藉口推掉的。」
「……」
多嘴的咲太當然被理央狠瞪。咲太將視線投向佑真求救，卻只得到喝湯的聲音當作回應。佑真故意裝作沒察覺。
取而代之向咲太伸出援手的，是手機的震動聲。
「是不是雙葉的？」
佑真確認自己的手機之後問理央。理央從包包拿出來的手機像在展現自我般頻頻震動。
理央低頭看向手機畫面。
「是大學的朋友。」
「不用在意我們。」
佑真催促理央接電話，理央說聲「抱歉」之後離席。「怎麼了？」她在講電話的同時遠離兩人，走向店門口。

「雙葉也在當大學生耶。」

佑真看著理央和大學朋友講電話。總覺得他挺開心的。

「那當然，因為她是大學生啊。」

「說得也是。」

雖然沒有明講，咲太知道佑真想表達的意思。高中時代的理央經常獨自待在物理實驗室，知道這段往事的人自然會做出佑真這樣的反應。

「雙葉在補習班也備受學生的信賴喔。」

經常看見理央上完課依然被學生拉著問問題的光景，不像咲太的兩個學生一下課就早早回家，兩者差太多了。

「這我聽說過。」

「雙葉說的嗎？」

「你覺得她會自己說嗎？又不是你。」

「我也不會說。」

「是籃球社的學弟啦。小我兩屆，現在高二，他說他是雙葉的學生。」

所以是咲太與佑真三年級時的一年級學弟。

「他比我高，我想你立刻就知道是誰吧？上週在車站前面巧遇……我看他又長高了，嚇我一

跳。我猜他或許將近一九〇了。」

「啊～～補習班確實有一個很高的學生。」

咲太記得之前一起搭電梯的時候，覺得這個學生人高馬大。

「話說回來，很高興看見你們兩個過得很好。」

「半年來不知道去哪裡受訓的你沒資格這麼說。」

在這個場面，覺得「很高興看見對方過得很好」的人應該是咲太與理央。

「而且看你們挺快樂的。」

嘴裡這麼說的佑真看向正在入口附近講電話的理央。背對這裡的理央肩膀微微晃動。大概是講電話的對象說了什麼有趣的事，理央正在笑，可能是看起來彷彿苦笑的笨拙笑容……

「國見……你原本也想上大學嗎？」

「我當然有興趣，畢竟身邊選擇升學的人明顯比較多。」

神奈川縣的升學率約六成。在補習班兼職擔任講師，自然會記住這種知識。

不過，依照實際就讀峰原高中的咲太體感，以擠進大學窄門為目標準備考試的學生比例更高。「六成」終究是升學率，選擇重考一年的學生不包含在這個數字，想升學的學生比例或許是九成以上。像佑真這樣直接就業的學生真的是極少數，每班不知道有沒有一個人，專科學校占了剩下的比例。

「不過，現在就業之後，我鬆了一口氣。」

應該是因為佑真認為如今終於可以為獨自養育他長大的母親減輕負擔。高中一年級認識他的時候，他就決定畢業之後要就業。這是以他自己的意志決定的。這個目標順利達成了，所以他鬆了口氣。沒有更適當的話語能正確表現佑真的心情，咲太聽到這句話同樣鬆了口氣。

「而且也不用上那些催眠的課了。」

看到咲太沒多說什麼，佑真開這個玩笑之後笑了。

「消防員也要念書吧？」

「沒出動的時候會開讀書會，研究以前遇過棘手現場的應對方法。不只如此，救災與體能訓練也很多。」

「這是可以愉快聊的事情嗎？」

「肌肉不會背叛你喔。」

咲太實在學不來。

「你就維持這個調調，今後繼續保護我們的城市吧。」

「我會的。」

對話至此中斷，咲太與佑真拿起玻璃杯喝水。

「啊，對了，咲太。」

「嗯？」

「沒有要對我說些什麼嗎？」

「半年的訓練辛苦了，恭喜你順利決定分發的單位。這樣可以嗎？」

「看來你果然還沒察覺。」

「什麼事？」

「我再保密一陣子吧，畢竟這樣應該比較有趣。」

「啊？」

完全聽不懂。咲太到底沒察覺什麼？總不可能像小學生惡作劇那樣，背上被貼一張寫著「笨蛋」的紙吧。

咲太很在意佑真話中有話的態度，但是還沒開口追問，理央就講完電話回來了。

「抱歉。」

理央說完就座。

「朋友？」

佑真自然而然發問。

「嗯……大學有一門課要做實驗交報告……不過得兩人一組，所以一起寫報告久了之後，就經常和這個女生交談……」

明明不是做壞事，理央的說明聽起來卻像在辯解。而且平常總是思路清晰，聊這個話題時卻結結巴巴。

「是什麼樣的人？」

「聽她說是北海道出身。她還不熟悉東京的電車跟地理環境，所以拜託我帶她認識，但我自己也不清楚。」

到這裡都是咲太也聽她說過的內容。

「我跟雙葉說過改天介紹給我認識，但她完全不讓我見這個人。」

「就說了，為什麼我非得介紹她給你認識？」

「我得向她打個招呼，請她多多關照妳。」

「是啊。」

佑真也感慨地點頭。

「連國見都這樣，說這什麼話？」

理央傻眼般喝了口茶，然後深深嘆了氣。

「我改天口頭問問看吧。」

「喔，真的？」

咲太高興的時間沒有多久。

「問她想不想見兩個名草有主的男生。」

理央以一如往常的語氣平淡地說。

「雙葉，妳不想讓我們見她吧？」

「因為感覺你們都會多嘴。」

理央說完起身。

「下一批客人在店外等，差不多該離開了。」

接著她看向店門口，取出錢包。

十分鐘後，走出餐廳的咲太等人來到片瀨東濱海岸。並不是早就特別預定要來，也不是三人中的某人提議「去海邊吧」，而是吃飽之後走著走著自然就來到這個地方。

在夏日的海水浴旺季，可以眺望江之島的這片遼闊沙灘會被許多遊客與海邊小屋填滿。

不過，在秋意漸濃的這個季節，彷彿忘了夏季的熱鬧般只有零星的人影。頂多只看見牽手走在海岸邊的情侶、遛狗的夫婦，以及坐在沙灘與道路界線的石階聊天的大學生團體。

弦月形的海岸線風平浪靜，今天是大潮，沙灘甚至連接到江之島。

咲太走在平常是海的地方，前往江之島。

同樣走在沙灘的女大學生雙人組興奮大喊：

「天啊，可以走到江之島！」

「這不是島，是陸地吧！」

兩人爭相拍攝社群軟體用的「美照」，電子合成的快門聲在秋季天空下清脆響亮。

「我們也拍張照片吧。」

佑真跟風拿起手機，手盡量伸直讓咲太與理央都入鏡，拍下好幾張照片。

「標題就命名為『抵達江之島』。」

佑真將拍得最好的一張拿給咲太與理央看，同時這麼說。

「江之島的話，我們來過很多次吧？」

「平常都是走上面過去的。」

從下方仰望弁天橋是相當新奇的體驗。走在橋上的時候沒什麼感覺，不過像這樣仰望就明白這是多麼巨大的建築物。橋大約四百公尺那麼長，所以也是當然。

「要是走得太悠哉，這附近很快就會變成海喔。」

如此忠告的理央先一步走向海水浴場。確實如理央所說，和數分鐘前相比，感覺海面更加進逼了。

潮汐的漲落真的很神奇，因為大海與陸地的界線會變動數十甚至數百公尺。

咲太穩穩踩著潮溼的沙，和佑真並肩追著理央的背影。聊著彼此的近況，聊著高中時代的回

憶，回應「確實發生過這種事」拍手大笑，離題到沒營養的話題……以全身感受潮水味……隱約冒出懷念的心情……從弁天橋下方走回來。

在這樣漫無目的悠然歡聚的狀況下，時間逐漸流逝。回過神來，已經下午兩點多了。

「你們說過三點要打工吧？」

「噢。」

「嗯。」

咲太與理央幾乎同時回應。兩人接下來要在個別指導的補習班擔任兼職講師。

「國見你今天既然輪休，也得回去休息了。」

「呼啊～～」

佑真在回應的時間點打了一個大呵欠。

「我還不習慣二十四小時輪班，所以值完夜班之後好睏。」

佑真又打了一個呵欠，內疚般笑了。

咲太等人回到先前會合的片瀨江之島站搭電車，在第三站藤澤站下車。

這一站離佑真家最近。咲太與理央打工的補習班形容成位於「站前」也沒問題，距離車站只有徒步數分鐘的路程。

走出驗票閘口，和揮手說「那再見啦」的佑真告別。他的身影融入來往的人潮，一下子就看不見了。

「消防員好像挺辛苦的。」

「很適合國見喔。」

「應該不適合你吧。」

理央說完朝補習班所在的車站北側踏出腳步，咲太也並肩走在她身旁。

「哎，因為我的夢想是成為聖誕老人啊。」

「就是因為說這種話，你才會看見迷你裙聖誕女郎的幻影吧？」

「如果是幻影就好了。」

這樣咲太會比較感謝，反倒還由衷希望是幻影。

不過，這星期一遇見的迷你裙聖誕女郎，咲太實在不認為只是幻影。

「只有你看得見吧？」

理央說的沒錯。但是和那名女郎的對話內容確實留在咲太耳朵深處。記得當時聽到的音調，近距離感受過她的呼吸，她存在於那個時間的那個場所，肯定沒錯。

遇見她的當天，咲太就打電話告訴理央這件事。正因如此，理央才會說出剛才那句話。

「你認為那是什麼？」

到目前為止，只在那天見過她一次。

「既然她本人自稱霧島透子，那就是霧島透子吧？」

理央明顯一副嫌煩的模樣。

「雙葉，你有在認真思考嗎？」

「說到類似的狀況，就是櫻島學姊的例子吧。」

周圍逐漸認知不到這個人的存在，也逐漸從記憶中消失……

「不過梓川，這種事你也早就知道了吧？」

「是啊。」

「關於霧島透子，我上網查了一下……但是沒人提過迷你裙聖誕女郎的話題。」

霧島透子只透過影音網站活動，完全沒有關於實際面貌的情報。即使影片經常拍到她的剪影，也不足以查出真實身分。說起來，那些剪影也不保證是霧島透子本人……

「搜尋得到的情報都是煞有介事卻無憑無據的傳聞。」

「比方說，其實她的真面目是麻衣小姐之類。」

這是之前從大學朋友福山拓海那裡聽到的。

「比方說，其實她是AI之類。」

「大家的想法真是五花八門。」

「反過來看，在這種時代查不到任何情報或許很不自然吧。畢竟現在連新聞或報紙沒公布的嫌犯姓名都會在網路被肉搜出來了。」

任何人都能輕鬆任性地散播情報，便利又麻煩的時代。總之這個社會洋溢著許多真真假假。

「不過，如果和麻衣小姐那時候一樣，周圍沒能認知到霧島透子，那她不就可以一直保持神祕身分了？」

「如果是這樣，就代表她將近兩年都過著幽靈般的生活。因為霧島透子大約是從兩年前開始活動。」

咲太第一次聽到霧島透子這個名字是高中時期，應該是聽麻衣說的。記得是麻衣經紀公司的師妹推薦她，她才去影音網站看霧島透子的影片。

那時候的咲太作夢都沒想到，居然有一天會遇見打扮成迷你裙聖誕女郎的本人，頂多只抱持「這個正在流行啊，是喔」的感想。

「幽靈生活過兩年很累的。」

不被他人認知的這個現象，咲太自己也經歷過。所有人都對他視若無睹，即使搭話也沒反應，即使碰觸也被無視。

當時才短短幾小時就快失去理智，如果維持兩年之久……咲太光想就背脊發毛。

麻衣與咲太的案例和這次有一個不同點。以霧島透子的狀況，她存在於影音網站……人們沒

有忘記她，至今依然能認知到她。

若要說這是救贖，或許是吧。

「梓川，你希望那個迷你裙聖誕女郎是什麼樣的人？」

「我希望她是和我毫無關係的陌生人。」

這樣最好。

沒有交集，不曾相遇，也不會擾亂平穩生活……咲太想風平浪靜度過平凡無奇的每一天。

可是說來遺憾，咲太遇見了自稱霧島透子的迷你裙聖誕女郎。

不只如此，那一天，咲太從她口中聽到天大的事情……

咲太遇到迷你裙聖誕女郎霧島透子，是六天前的事。

十月二十四日，星期一。

在大學的校區內。

第一堂課開始之前的大清早。

前往教室的許多學生走的銀杏步道正中央。

目送比所有人都提早畢業的廣川卯月離開之後發生的事……

「唉～～真可惜，明明好不容易讓她學會看氣氛了。」

說出這段話的她站在咲太身旁。

身穿迷你裙聖誕服，眨著長長的睫毛……察覺咲太的視線，看向這裡。

接著，兩人交談了幾句話。

「我啊，叫霧島透子。」

然後她如此自稱。

不過，到這裡只是簡短的問候，應該視為問題的正題堪稱都放在後續的對話內容。

「剛才就我聽來……妳似乎在說月月的思春期症候群是妳造成的？」

咲太提出這個疑問是一切的開端。

「我就是這個意思啊。」

她可愛地歪過腦袋，一副「聽起來不像嗎？」的樣子。

「真的？」

咲太發問確認。

「真的。」

對此，她嘴角掛著笑容回答。

「這種事要怎麼做？」

「你不知道嗎？聖誕使者會發送禮物給好孩子啊。」

「所以，因為我是好孩子，妳也來到我身邊是吧？」

說是這麼說，現在過聖誕節還太早，連萬聖節都還沒過。

「睜開眼睛想揭發聖誕使者真面目的你，應該是壞孩子吧？」

透子踩響長靴鞋跟，在咲太周圍打轉。以一定的節奏走著……視線就這麼朝向咲太……

在這段期間，林蔭步道也有許多學生，他們走向主校舍趕著上第一堂課。

沒人察覺這位迷人的迷你裙聖誕女郎，只是略感詫異般朝站在林蔭步道有些尷尬的位置的咲太一瞥。

「我有一個請求。」

咲太朝著背後的腳步聲搭話。

「什麼請求？」

「可以停止發送禮物嗎？」

話題切入核心後，從咲太左側出現的她走到正前方停下腳步，然後轉身重新和咲太面對面。

「好啊。」

她回答。

「咦，可以嗎？」

聽到她一口答應，咲太感覺掃興。

「因為啊，禮物已經發光光了。」

透子打開萎縮的白色袋子給咲太看。確實空空如也，沒裝任何東西。

「那個袋子原本裝了多少？」

五個？十個？還是更多？

「大概這麼多。」

只豎起一根食指的手伸向咲太。

「一個？」

「怎麼可能。別開玩笑好嗎？」

透子發出銀鈴般的笑聲。

「十個？」

「噗噗～～答錯了。」

咲太不太願意想像更多的位數，但是既然答錯就沒辦法了。

「一百個嗎……」

咲太懷抱苦悶的心情說出不想說的數字。

「完全不夠。別小看聖誕使者好嗎？」

「那麼……一千？」

「沒錯。大約一千萬。」

「……」

透子說出的數字位數真的差太多了，咲太頓時來不及理解有多少個。不是十，也不是一百，更不是一千，是一千萬。

「所以，那個人、那個人、那個人、那個人、那個人，還有那個人……」

透子接連指向一旁經過的學生們。

「我都送禮物給他們了。」

接著一臉心滿意足地說了。

透子現在點到的人都會像卯月那樣，某種思春期症候群發作嗎？不在這裡的一千萬人正在產生思春期症候群嗎？即使試著想像，內心也無法浮現這種光景。

「聖誕使者不可以在聖誕節以外的日子工作吧？」

好不容易從咲太口中說出的是這種話。

「不是我想送，是大家想要禮物喔。那孩子也是其中之一。」

透子的雙眼看向咲太，卻沒看著咲太。視線穿過咲太，投向他的身後。

她說的「那孩子」到底是誰？

咲太緩緩轉身。

此時，一名女學生正走在林蔭步道的邊緣。

是咲太認識的人物。

國中時代的同學——赤城郁實。

那一天，那個時候……霧島透子說的那些話，咲太不知道是真是假。

她發送了思春期症候群當禮物，因為她是聖誕使者，而且送給了一千萬人……赤城郁實也是其中一人……

天底下有這麼荒唐的事嗎？

如果有，那真的是唯恐天下不亂。

「雙葉妳認為呢？」

「我認為無法證明這是真的，也無法證明這是假的。」

「哎，我想也是。」

這就是現狀。

「不過如果是真的，不就證實妳上次的說法嗎？妳在上次討論月月的問題時說過吧？引發思春期症候群的人，或許是懂得看氣氛的所有大學生。」

第一次聽到這個說法時，咲太認為這個規模大得匪夷所思。理央應該也不相信自己的說法

吧。不過，如果有一千萬人產生思春期症候群，「所有大學生」這個規模也不算誇張。

「如果這是真的，梓川你會怎麼做？」

「總之會先嚇一跳吧？」

「不是自詡為正義使者，拯救大家脫離思春期症候群嗎？」

「妳說的『大家』是一千萬人？」

「沒錯，一千萬人。」

「很不巧，我忙著和麻衣小姐恩愛，沒空。」

說起來，咲太不是當正義使者的料，這個世界看起來也不需要正義使者。聽完透子說明之後過了數天，今天依然是和昨天一樣的平穩日子，世界沒有因為思春期症候群而陷入恐慌。

沒人求救，也沒有邪惡組織作亂。以現狀來看，即使真的有正義使者，開店應該也沒生意可做吧。

「就算這麼說，唯獨一個人令你在意吧？記得叫作赤城郁實？」

「與其說在意，應該說有件小事一直掛在心上。」

「……？」

理央的視線在等待咲太說下去。

「我想不透大學入學典禮那天，那傢伙為什麼會主動搭話。」

那個時候，或許她其實有話想說。

——你是……梓川吧？

——妳是……赤城吧？

——嗯，好久不見。

這段對話結束之後，或許她還有話想繼續說。要不是和香帶著卯月出現，郁實可能會說某些事。

「原因可能在於思春期症候群——事到如今你是這麼認為的。」

理央正確察覺咲太的想法。

沒人相信的不可思議現象——思春期症候群。不過在國中時代，只有咲太說這是真實存在的現象。同班的郁實知道這件事。

如果郁實被捲入莫名的現象而遇到困難，那她即使想找咲太協助，說起來也算情有可原。因為除了咲太，沒有人願意相信。曾經是當事人之一的郁實應該明白這一點……

「不過，應該是我想太多吧。」

「是啊，你想太多了。如果我是她，唯獨你是我絕對不想依賴的人。」

理央斬釘截鐵地否定。

「為什麼？」

「昔日對你見死不救，你覺得如今還敢開口向你求救嗎？」

「原來如此。既然顧慮到我的感受，那我還不用擔心吧。」

「我說的是面子問題。」

咲太當然了解這種事，理央也知道咲太了解，即使如此還是刻意說出口是為防萬一。

「後來她的狀況怎麼樣？」

「赤城？」

「嗯。」

「從我遇見迷你裙聖誕女郎那一天之後就沒見過了。」

郁實應該有來大學上課，但是咲太和護理系的她幾乎沒有交集，彼此甚至在校園都很少擦身而過。所以即使打算在遇到的時候搭話，直到今天也都沒這種機會。

「既然見不到面，就這麼見不到面或許比較好。」

「嗯？」

「無論是霧島透子還是赤城郁實，別和她們有所牽扯，對你來說也許比較好。」

「人生在世最重要的就是要有個擔心我的朋友耶。」

此時，兩人抵達補習班所在的大樓樓下。

「畢竟你來找我討論這種事也很麻煩。」

理央按下電梯按鍵。

四樓、三樓……面板顯示的數字逐漸變小。

「雖然說這種話對你應該沒用……」

「說什麼？」

「像這樣連續好幾次，會覺得和『那個』一樣。」

「哪個？」

「到哪裡都會遇到命案的名偵探。」

鈴聲響起，電梯來到一樓。

「對於這樣的我，妳有什麼建議嗎？」

「總之，下次遇見迷你裙聖誕女郎的話，至少先問出聯絡方式吧？」

理央不負責任地說完，進入電梯。

「明明有女友卻問其他女生的電話號碼，妳覺得這種男生怎麼樣？」

咲太也跟著理央進電梯。

「我覺得是豬頭。」

按著關門鍵的理央眼睛完全沒有笑意。

2

久違地見到佑真，後來去補習班打工當講師……還排了連鎖餐廳夜班工作的星期日結束後，星期一的早晨理所當然地來臨。

有點憂鬱的一週就此開始。

咲太一如往常被家貓那須野踩著臉醒來，一如往常幫花楓做早餐，一如往常做好準備，在一如往常的時間出門。

不過，一如往常的部分只到這裡為止。

這天，咲太的通學風景和往常不同。

通學半年看慣的電車車窗不在眼前，從出發到現在所見的一直都是陌生的街景。

這也難怪。咲太現在坐在車上的副駕駛座，車子是麻衣開的，景色當然不一樣。

昨天晚上，咲太打工回家之後接到麻衣的電話，內容是：「明天要在東京的電視台錄影。我會開車去，順便送你去大學。」

從早上就可以和麻衣開車約會，完全沒有拒絕的理由。

而且在車上就不必太注意周圍的目光，也不用擔心對話被別人聽到，可以盡情享受只有兩人的甜蜜時光。

「麻衣小姐，今天會很晚回家嗎？」

「是啊，應該會晚一點。問這個做什麼？」

「我今天沒打工，本來想做晚飯等妳回來。」

既然會晚歸就沒辦法了。

「咲太，明天呢？是哪邊的打工？」

「補習班的。」

「既然這樣，九點之前回得來吧？」

「用跑的可以在八點半回來。」

「用走的回來就好。我去幫你做晚飯，想吃什麼？」

麻衣做的料理每道都好吃，所以好猶豫。要選什麼呢……咲太謹慎思考。

「咖哩。」

此時，一道不悅的聲音從背後介入。

咲太將不滿情緒累積在眼中，轉身看向後座。坐在那裡的是表情比他不滿的和香。

「豐濱，原來妳在啊。」

「我從一開始就在啦！」

「妳最好稍微顧慮一下喔。」

「不是讓你坐副駕駛座了嗎？你應該更感謝我一點。」

「特地撥空妨礙早晨的兜風約會，真是謝謝妳了。」

「那麼，今晚的菜色就決定是咖哩了。」

不知為何和香的提案被採納了。

「咦？我的意見呢？」

「活該。」

從後照鏡看得見和香得意洋洋的笑容，面目何其可憎。

「咲太，你昨天見過雙葉吧？」

「見過喔，加上國見共三人。」

「她說了什麼嗎？」

雖然沒提到具體內容，但咲太聽得懂麻衣這段話的意思。不必刻意反問，麻衣問的是咲太遇到的迷你裙聖誕女郎——霧島透子的事。

不被周圍認知，這個狀況酷似麻衣昔日發作的思春期症候群，所以麻衣也會感到在意吧。

「雙葉要我下次見到她的時候問她聯絡方式。」

「畢竟你很喜歡交異性朋友啊。」

麻衣隨口這麼說，話中的刺插進咲太的內心。

「但我真正喜歡的只有麻衣小姐。」

「哎，算了。找霧島透子本人問清楚，確實是最快的方法吧。」

「你們在說咲太遇見的迷你裙聖誕女郎？」

和香從後座加入對話，但她一邊問一邊滑手機，看來對這個話題不是很感興趣。

「該不會是咲太的妄想吧？一般來說就算是透明人，也不會打扮成那樣在大學閒晃啊。」

以常理思考是如此……和香似乎是這個意思。

「麻衣小姐，她說那種打扮很沒常識耶。」

不過以麻衣的狀況，她打扮的不是迷你裙聖誕女郎，是更火辣的兔女郎……場所也不是大學，是被寧靜籠罩的圖書館。

車子遇到紅燈停下，麻衣隨即默默伸手捏咲太的臉頰。

「好痛！很痛啦，麻衣小姐！」

麻衣表情溫和，只以眼神狠狠警告咲太：「不准多嘴。」

「畢竟這是只屬於我與麻衣小姐的祕密……好痛！麻衣小姐，綠燈，綠燈了！」

前方的車輛開走之後，麻衣終於鬆手，踩油門讓車子起步。

「對了，豐濱。」
咲太揉著臉頰向後方搭話。
「幹嘛？」
「廣川她有沒有見過霧島透子？」
成為卯月爆紅契機的無線耳機廣告使用霧島透子的樂曲，卯月以清唱形式翻唱這首歌成為話題。
而且，如果卯月收過名為「思春期症候群」的禮物，那就可能見過她。
「她說很想當面打個招呼，但是見不到面。」
「這樣啊。」
「決定採用那首歌的廠商好像也都是用電子郵件和她溝通。」
這樣就束手無策了，到處都找不到入口或出口。看來想問的事情還是只能在直接見到她的時候問了，不過前提是還能再見到她……
「似乎只能先問和你同一所國中的那個女生了。」
「是啊。」
雖然沒什麼動力，但比起尋找那個夢幻般的迷你裙聖誕女郎實際得多。因為赤城郁實是就讀同一所大學的學生。

映入眼簾的街景終於逐漸變成熟悉的景色，正前方看見的是距離大學最近的金澤八景站。

離開藤澤約四十分鐘。和麻衣共度的時間轉眼即逝。

「上課的時候別打瞌睡喔。」

麻衣吩咐之後，讓咲太在車站圓環下車。

「如果能夢見麻衣小姐，我就會打瞌睡了。」

咲太在關車門的時候打趣地說，麻衣只用嘴型沒出聲地說了「笨～～蛋」，臉上掛著微笑再度開車離去。

3

上完兩堂課，咲太先去提款機一趟才到學校餐廳，放眼望去滿是飢餓的學生。

乍看之下找不到空位。

即使如此，還是耐心仔細尋找。

熟悉的背影映入眼簾。綁在後腦杓上緣的丸子頭，肯定是下半學期認識的美東美織。

她一個人使用四人桌。

「方便坐這裡嗎？」

咲太從後方走近搭話。

美織就這樣含著烏龍麵抬起頭，啾嚕地吸進麵條，動著嘴巴咀嚼，最後咕嚕吞下。

「不方便。」

她故意裝出不悅的語氣噘起嘴。

眼神暗示「這是第一次見面那時的反擊」。

「不過我還是要坐。」

咲太也故意用厚臉皮的語氣應戰，坐在美織的正對面。

「梓川同學，今天只有你一個人？」

「如妳所見，只有我和美東兩個人。」

「你這個人很煩耶～～」

她在桌上打開便當盒吃飯。之所以來到學校餐廳，是因為來這裡可以在茶水供應區自由裝熱茶喝，是午餐的最佳搭檔。

「美東，今天也只有妳一個人？」

平常即使在學校餐廳看見，她也大多是和同系女生在一起。

「如你所見，只有我和梓川同學兩個人。」

「妳這個人也很煩耶～～」

咲太確實以相同的話語回應以示禮貌。

「麻衣小姐今天有工作？」

「今天有工作，昨天也有工作，前天也有工作。」

即使如此，她還是確實拿到大學的學分，令人佩服。

「這樣啊，那這個，連同麻衣小姐的份一起給你。」

美織緩緩從包包取出的東西是大小剛好可以單手握住的兩個瓶子，瓶身的標籤分別寫著「草莓果醬」與「藍莓果醬」。

搞不懂她為什麼突然拿果醬出來。

「今天是果醬節嗎？」

或許某個地方有這種風俗習慣，像是情人節送巧克力那樣。

「記得果醬節是四月二十日吧？」

「原來有果醬節嗎……」

改天查一下果醬節的由來吧，沒忘記的話。

「這是伴手禮。真奈美考到駕照，我們昨天一起去兜風當作紀念。」

「但她們上次明明沒邀妳去海邊玩啊。」

「你這個人真的很煩耶～～」

美織拿筷子筆直指向咲太，像在嚴重警告。

「這樣沒教養喔。」

「你覺得我們去了哪裡？」

美織收回筷子。

「去了哪裡呢……」

咲太隨口應付，拿起果醬瓶。背面標示成分的貼紙光明正大地寫著答案。

「長野縣啊。」

製造公司的地址是輕井澤。

「正確答案是梓川休息站。」

美織露出滿面笑容，一副「這答案如何啊」的模樣。

「沒什麼好笑的。」

咲太輕輕將果醬瓶放回桌面。這種事用不著露出得意的表情說。

「這瓶我要沒收。」

咲太的手剛收回，美織的手就搶走藍莓果醬。

連草莓果醬都失去的話會很悲哀，所以咲太決定先收進背包。接下來也可能失言被扣分。

「謝謝妳的果醬。不過，妳那位朋友叫什麼，美由紀嗎……？」

「真奈美啦。」

「原來妳和她現在也處得很好啊。」

第一次見面那一天，咲太聽美織說真奈美看上的男生喜歡美織，讓美織很為難。正確來說是咲太擅自這麼推測，使得美織坦承「大致是這種感覺」……

「大家都已經是大學生了，這方面會好好處理。畢竟和別人起摩擦沒有好處。」

美織面不改色冷淡地說完，發出囌囌蘇的聲音將剩下的烏龍麵吸光。

「而且她今天也邀我去聯誼，對方好像是東京一所高檔大學的帥哥。」

美織嚼著烏龍麵，為難地笑了。

「我之前沒說過嗎？她們要幫我安排聯誼，當作沒邀我去海邊的賠禮。」

「我聽過這件事。」

「我原本以為那是客套話……」

美織露出苦笑，就像面對討厭的食物的孩子一臉不知所措，補充說明「這是為我安排的，所以不方便拒絕」。不想吃卻要吃掉，否則爸媽不會罷休。這是無處可逃的狀況。

「都已經是大學生了，這部分只能好好處理吧。畢竟和別人起摩擦沒有好處。」

「你這個人氣死我了～～」

被自己剛才說的話打臉，美織帶著賭氣的表情向後靠在椅背上，微微鼓起臉頰，揚起視線瞪向咲太。

咲太不以為意，將便當的配菜送進嘴裡。

「氣死我了～」

她又說了一次。那副表情很俏皮，莫名令人抱持好感。明明不是要讓自己看起來可愛，美織的舉止與態度卻讓人這麼認為。

不會過於顯眼的穿搭及流行的妝容，對美織來說應該都是為了她自己，是因為她喜歡這樣，想要這樣，所以沒有裝模作樣的感覺。這一點令周圍的男性感到魅力，不時向她行注目禮。

從第一次見面開始，美織對任何人都是採取相同態度，所以這種易於親近的距離會令男生誤會，以為自己可能有機會……

一旦暗自懷抱這種期待，就有可能完全看不見最重要的部分吧，無從察覺其實從第一次見面之後，她的心從來沒有主動靠近……

咲太站在朋友候補的立場，維持現狀也十分開心，所以沒有任何問題。偶爾在校園見面會聊個幾句，變成這樣的朋友就好。

打斷咲太這個思緒的是一個熟悉的聲音。

「啊，找到了，梓川！」

端著學校餐廳招牌蓋飯走過來的人是福山拓海，進大學之後認識的同系男學生。
「喔，美東同學……？」
大概是坐在後面的人擋到美織，拓海誇張地嚇了一跳。
「那個……」
美織看向坐在咲太旁邊的拓海。
「我是福山拓海，和梓川一樣念統計科學系一年級。」
「我是國際商學系一年級的美東美織。話說，我們通識課同班吧？聯歡會你也在。」
「聯歡會」是下半學期開始不久時舉辦的聚會，也是咲太和美織交談的契機。
「對，一點都沒錯！」
拓海興奮地探出上半身。看來他很高興美織記得他。
「那麼，接下來你們兩位年輕人慢慢聊吧。」
咲太將吃完的便當盒收好，準備離席。美織現在心情不太好，所以先走為妙。
不過，拓海用力抓住他的肩膀。
「等一下啦。我有事要拜託你，找你好久了。」
「但你先點了橫一井啊。」
學校餐廳的著名蓋飯，而且是大碗的。

「俗話不是說肚子餓沒辦法打仗嗎？」

「你找我又不是要打仗，所以有辦法吧？」

咲太錯失起身良機，相對地，這時美織離開座位。

「那麼，接下來你們兩位年輕人慢慢聊吧。」

她露出惡作劇般的笑容，將用過的餐具拿去回收區。

「可以嗎，福山？」

「什麼？」

「剛才明明是接近美東的好機會啊。」

「你以為我做好心理準備了嗎？」

「我以為想交女友的你隨時都做好準備了。」

「如果做得到，我早就交到女友了。」

「說得也是。」

「話說梓川，你今天有空嗎？」

「到第四堂都有課。」

「這我知道。之後呢？」

「忙著回家幫那須野洗澡。」

「有空的話來聯誼吧。有一個人感冒，現在人數不夠。」

「你剛才有在聽我說話嗎？」

差不多該幫那須野洗澡了，不然會發出野生的味道。

「記得小谷良平學長嗎？明明沒選課卻混進通識聯歡會的國際商學系大二學長。」

「完全不記得。」

那天，橫濱車站附近居酒屋的那群人之中，咲太記得名字的新朋友只有美織。美織的朋友「真奈美」姑且算認識，但咲太依稀記得直到剛才都以為她叫「美由紀」……

「總之，我和小谷學長在中文課同班，聊到改天想參加聯誼，結果他真的幫我安排了。」

「天下沒有白吃的午餐，你要小心啊。」

「而且三個女生都是護理系。」

拓海一臉鄭重地說了。

「護理系啊……」

這三個字現在令咲太有點在意。

「護士耶，護士。麻煩再興奮一點好嗎？」

「是未來的護士吧？她們還是學生。」

現在的她們應該和普通大學生沒什麼兩樣。

「難道說，你不喜歡護士？」

天底下有這種人嗎……拓海以像是想這麼問的驚愕眼神看著咲太。

「如果對方是迷你裙聖誕女郎，我就會毫不猶豫地參加。」

「這也不錯。」

拓海用力點頭同意。

話是這麼說，咲太並不是對護理系沒興趣，反倒應該說有興趣。因為赤城郁實就讀這所大學醫學院的護理系。

聯誼的女性成員應該不可能包括郁實，不過既然是同系學生，應該多少知道郁實平常的樣子。光是能打聽到這方面的情報就不虛此行。

只不過，咲太和麻衣在交往，要是參加聯誼會出問題，基於任何理由都不該參加。

好啦，這下子怎麼辦……

「總之拜託啦，梓川。」

「死會的男生待在這種場所不是會掃興嗎？」

這應該不是用來交朋友的聚會。或許到頭來會朝這個方向演變，不過基本上都是用來交男女朋友的聚會，這是聯誼的本分。

「以我個人來說，這樣會少一個對手，我會很感謝。」

「所以我必須獨自承受女生們的白眼嗎？我絕對不要。」
從女方角度來看，可以選擇的男生少了一個。咲太絕對不想去這種環境。
「意思是我交不到護士女友也沒關係嗎？」
「沒什麼關係吧。」
「這部分通融一下啦！」
拓海合起雙手拜託咲太。
「何況麻衣小姐不可能會准許吧？」
「如果准許就可以是吧？」
看來拓海也不想打退堂鼓。明明邀別人參加就好……只不過，這樣下去會沒完沒了。
「知道了，我好歹打個電話問問吧。如果她說不行，你就要死心喔。」
「好。」
再來只要打電話給麻衣，被她好好訓一頓就沒事了。
咲太是這麼想的，卻沒能如願。
麻衣的回應和他的預測相差甚遠……

4

從結論來說，麻衣一口答應，態度乾脆得嚇人。

下午開始上課前……咲太來到校內時鐘樓附近的公用電話打給麻衣。如果正在拍戲，基本上打不通，恐怕也不會接吧。咲太原本是這麼想的，但是鈴響第一聲就中斷了。

『怎麼了？』

麻衣好像剛好拍到一半在休息，正在看經紀人傳的電子郵件。

麻衣疑惑地詢問，咲太逐一詳細說明原由。

「其實有人邀我參加聯誼。」

『然後呢？』

「臨時缺人，而且是今天。」

『所以？』

「對方好像是我們大學的護理系……我不能去吧？」

咲太戰戰兢兢地說出最後這句話。

『你就去啊。』

相對地，麻衣置身事外般隨口回應。

「呃，不行吧？」

最後反倒是咲太忍不住反對。

『畢竟以你的狀況，要是錯過這個機會，大概一輩子都和這種事無緣了吧。』

「就算這樣，麻衣小姐還是得阻止，因為妳是我的女友。」

『我的意思是說，只有這次我特別准你去。』

「可是……」

咲太依然面有難色。

『是你自己問的吧？』

麻衣傻眼般回應。

『為什麼是你想阻止啊？』

確實，兩人發言的立場是反的。

「真的可以嗎？」

『因為你像這樣興趣缺缺，我准你去。』

麻衣的聲音聽起來很愉快。

「如果我興致勃勃呢？」

『我可能會耍任性，叫你現在過來見我。』

惡作劇般的笑聲輕搔咲太的耳朵。

「這個選擇好太多了。」

『拍戲的時候會礙事，你不用過來。』

「咦～～」

『如果能問到什麼情報就好了。』

麻衣消除聲音裡的情感，補充這句話。這裡說的「情報」當然是關於赤城郁實的事。咲太說出「護理系」的時間點，麻衣應該就察覺咲太提到聯誼話題的意圖。明知如此，麻衣卻沒立刻進入正題，讓咲太自由發揮逗他玩。

「那麼，我就不抱太大的期待參加吧。」

雖說同樣是護理系的學生，卻不一定熟悉郁實的事。就讀相同學系，交情僅止於名字與長相對得上的學生應該占絕大多數吧。假設和郁實親近的女生湊巧有參加，聯誼時應該也很難長時間聊一個不在場的人。

大概頂多只能問：「對了，護理系是不是有個叫赤城郁實的女生？其實我國中和她同班。」在聊自己家鄉的時候帶出這個話題。

『你不抱期待的話，對女方很失禮吧？』

「那我還是期待一下吧。」

『如果有可愛的女生就好了。』

咲太回應之後，麻衣也順勢這麼說。

「聽福山說，對方都是正妹喔。」

『比我正？』

「有的話怎麼辦？」

『啊，我得去換裝了，先掛電話喔。』

麻衣忽然改成工作時的音調，聽得到她身後有女性交談聲。大概是造型師或化妝師進後台休息室吧。

「工作請加油。」

『謝謝，再聯絡吧。』

電話掛斷了。

就這樣，咲太完全沒惹麻衣生氣，順利獲准參加聯誼。

所以第四堂的基礎數學課一上完，咲太就和坐在旁邊的拓海一起走出教室。穿過學生來來往往的走廊，下樓離開主校舍。

上完第四堂課回家的學生人潮流入銀杏步道。延伸到校門外的步道通過和鐵軌平行的道路，一直通往金澤八景站。

走到夕陽照耀的月臺，開往羽田機場的快速電車剛好進站，咲太與拓海勉強趕上。

兩人站在車門處，不經意眺望窗外。

「我開始緊張了。」

剛抵達下一站金澤文庫站，拓海一臉嚴肅地看向咲太。

「我有一個放鬆心情的好方法。」

「喔，什麼方法？」

拓海上鉤了。

「首先，將雙手食指插進嘴角。」

「這樣嗎？」

「就這樣往外……像要撐開般用力拉。」

「這樣？」

拓海依照指示拉開自己的嘴。

「然後說『金澤文庫（Kanazawa-Bunko）』。」

「Kanazawa-Unko。」

被拉開的嘴脣無法合上，「文庫（Bunko）」會說成「便便（Unko）」。

關上車門的電車從金澤文庫站起步。

「……」

拓海從嘴角抽出食指，以眼神要求說明。

「奇怪，當地的小學生明明超愛這招……」

「我是大學生耶。」

「今天聯誼的時候，你如果不知道該聊什麼就用這招吧。」

「我會努力別用到這招。」

後來直到抵達橫濱站，拓海在電車上都很安分。

在人滿為患的橫濱站轉搭ＪＲ根岸線。咲太與拓海再度下車的地點是橫濱的下一站，櫻木町站。

通過驗票閘口從東門出站。首先吸引目光的是以閃亮地標大廈為首的臨海區域商業設施，還有點亮鮮豔燈光的巨大摩天輪。這是代表橫濱的景色之一，到這裡都和平常的櫻木町站沒兩樣。

不過，今天是十月三十一日。

扮裝的人群使得站前廣場化為不可思議的國度。看來南瓜慶典的浪潮也確實撲向了年輕人集

結的這座城市。

咲太並不是衝著萬聖節而來，所以他並不知情。

魔法師、吸血鬼、小紅帽，也有人扮成電影或漫畫的當紅角色，甚至有人戴著知名政治家的頭套混入其中，大概是想搞笑吧。

看得到拿起手機拍照或正在拍影片的集團，也有集團順著這股歡樂氣氛向一旁的異性搭話。

「梓川，拜託別走散啊。」

「要是走散，我就回家吧。」

咲太不知道店的位置也沒有聯絡方法，到時候只能放棄。

「所以我不就提醒你了嗎？」

「不然要牽手嗎？」

「我才不要。」

拓海露出打從心底抗拒的表情，踏出腳步要離開廣場，咲太跟在他身後。人這麼多卻不覺得混亂，大概是因為幾乎所有人都站在原地吧。

意外地可以順利前進。

咲太才稍微不留意，就差點撞到一旁衝過來的護士裝扮的女生。

兩人察覺到彼此，在只差一步的距離停下。

她的服裝不是附近醫院的白衣天使那種素雅設計，是在乾燥季節某種常備護脣膏的商標角色穿的那種護理服。鼻子與眼角下方帶著血絲，很像萬聖節的裝扮。

視線一對上，感覺她的眼神帶著驚訝。

咲太不知道原因。她扮成陌生的模樣，而且咲太也沒想過「她」現在會在這裡……

不過，當她鞠躬致意，轉身要離開的時候……

「赤城……？」

咲太以腦海浮現的這個名字叫她。

護士的背影驟然靜止。

她只將上半身靜靜轉過來。

疑惑的視線左右游移。

大概是沒想到會在這種地方遇見咲太吧。這對咲太來說也一樣，因為毫無準備，就說不出下一句話。

像這樣尷尬了一會兒——

「抱歉，我先走了。」

郁實輕聲呢喃，離開現場。

咲太即使想叫住她，也想不到叫住她的理由。

郁實的腳步看起來是基於某種目的前進，因為她筆直走向豎立在廣場正中央的路燈……

大概要在那裡和某人會合吧。

咲太一開始是這麼想的，但是看見郁實的樣子之後就覺得不是這樣。站在路燈旁的郁實抬頭看向配合萬聖節追加的玻璃南瓜燈籠好一會兒。她不時在意手機，大概是在看時間吧。

接著，她定睛注視扮裝的人們，像在尋找某人，而且一臉嚴肅。

只有她一個人身披的氣息不同，不是在享受節慶的表情。

某個小小的人影經過郁實身旁，走向南瓜燈籠路燈。是打扮成小紅帽的低年級小女孩。

「照片，我要和南瓜一起拍！」

她指著燈籠，臉上帶著笑容呼叫身後的父母。

小女孩正要繼續走向路燈下方的瞬間……

「那裡不行！」

郁實大喊之後，抓住小女孩的肩膀。

受到驚嚇的小女孩停下腳步。

就在下一秒。

南瓜燈籠從路燈上面掉落……

燈籠掉到地上，發出喀鏘的清脆聲響，粉碎的玻璃碎片朝四周飛散。

和小女孩的距離不到一公尺。

如果郁實沒阻止，碎片會打中小紅帽女孩，即使不會造成生命危險也肯定已經受傷了吧。

周圍的魔法師和吸血鬼也停止交談或攝影，紛紛說著：「什麼？」「怎麼了？」看向掉落的燈籠、小紅帽女孩以及郁實的狀況。

郁實蹲在小女孩面前。

「還好嗎？」

她帶著溫柔的表情問。

「嗯。」

沒多久，小女孩的父母趕到了。

「美優，有沒有受傷？」

「沒事。」

「謝謝您。」

父親向郁實低頭致謝。

「不會。」

「來，美優也向大姊姊說謝謝。」

「謝謝大姊姊。」

「不客氣。」

郁實蹲下讓視線和小女孩等高，露出甜美的微笑。

此時，在廣場巡邏的男性來到這裡，四處詢問是否有人受傷。他的臂章寫著「橫濱市區」，大概是市公所職員吧。

確定沒人受傷之後，他說「這裡很危險，請退後」，收拾掉落的燈籠碎片。

其他職員拿了三角錐過來，俐落地排放在路燈周圍，拉出一圈黃色封鎖線。完工之後有一人留在現場，提醒想接近的人們小心。

在這段時間，圍觀的群眾逐一回到自己的時間。

只是燈籠掉下來了。

沒人受傷。

所以沒有任何問題。

幾乎所有人到了明天就會忘記，只是這種程度的事件。

場中處於這種氣氛。

在這樣的狀況下，只有咲太強烈感覺不對勁。

明顯很奇怪，很不自然。

為什麼郁實是在燈籠掉落之前阻止小紅帽女孩？

從時間點來看，簡直像是早就知道會掉落。

「……」

咲太在遠處默默看著郁實時，察覺到視線的郁實轉身看向他。

視線再度對上。

但是只有短短一瞬間。

郁實逃避般移開視線，混入萬聖節的扮裝集團。她的身影消失在精心扮成喪屍的一群人後方，再也看不到了。

「那傢伙在做什麼啊……？」

這是咲太直接的感想。說真的，她在做什麼？又做了什麼？咲太滿腦子都是疑問。

「這是我要說的。」

一隻手隨著這個聲音放在咲太肩膀上。轉頭一看，是一臉慌張的拓海。

「我真的以為你走散了。」

拓海就這樣抓著咲太的肩膀，讓他轉換方向。

「往這個方向直走。」

拓海以背包的背帶當成韁繩，催促咲太前進，目標當然是未來的護理師在等的聯誼會場。

5

拓海帶咲太來到的地方，是脫離廣場喧囂之後約五分鐘路程的商業大樓前面。

「是這裡吧。」

拓海比對手機畫面與店面招牌之後，拉著咲太走向電梯。行人減少，應該不會迷路了。即使如此，拓海依然不肯放開背包的背帶。

兩人搭電梯來到餐廳所在的四樓。拓海站在樓層地圖前面，看著創作和食居酒屋的面板。看來那裡是會場。

移動到店門前，拓海終於放開背包背帶，咲太也跟著他穿過摩登設計的暖簾。

「歡迎光臨。」

立刻來了一名年輕男性店員，以恭敬的舉止迎接。

「啊，是我朋友。」

店員後方傳來這句話，單手拿著手機、戴眼鏡的男學生探出頭。

「小谷學長，抱歉久等了。」

拓海輕輕舉手打招呼。看來這個人就是小谷良平。

「位子在這裡。」

良平同樣舉起手回應，帶領咲太與拓海走進餐廳深處。店內客人不多不少，從氣氛看來是時尚又漂亮的流行餐廳。

「在這裡。」

良平在店內最深處停下腳步。是坐下來就看不見鄰桌，半包廂類型的坐式榻榻米座位，可以讓六名成人舒適地坐下的寬敞空間。

隔著玻璃可以稍微看見夜景。可惜看不見招牌摩天輪，不過反射商業設施燈光的海面顏色深邃，是十分值得一看的景色。

「從最裡面開始坐。女生聯絡我說電車剛到站。」

依照建議，咲太坐在最裡面，旁邊依序坐著拓海與良平。

「好像有一個人會晚點到，我想等兩個人到了就開始。」

良平滑著手機，熟練地進行幹事的工作。接著他和咲太視線相對，刻意重新端正坐姿。

「我們在通識課聯歡會見過，這是第二次自我介紹，我叫小谷良平，國際商學系二年級。」

他說完遞出一張小紙卡。是名片。

「社會生態交流圈　環保人　社員　小谷良平」。

上面是這麼寫的。

「您好，我是統計科學系一年級的梓川咲太。我沒有名片。」

「沒關係。不提這個，用平輩語氣就好吧？」

「ＯＫ，我知道了。」

「那你為什麼要用敬語？」

只有良平誇張地大笑。

「這個『社會生態交流圈』是什麼？」

咲太對名片上面印的每個詞都有印象，卻沒看過這三個詞連在一起。

「喔，你有興趣？」

良平像是等待已久般輕推眼鏡，接著開始說明「社會生態交流圈」是什麼。

「這是和東京各大學聯合成立的。環境問題和人類社會的統治體系有關連性，這個集團會定期討論這個思想並交換意見。成員也包括最近上電視當名嘴的知名社會學家，在前天的聚會，大家討論經濟、統治、階級制度，還有最近熱門的永續性或SDGs、ESG投資的可能性到天亮。」

良平流暢地說出陌生的話語。到頭來，這個交流圈的本質是什麼？咲太聽不懂。

「原來如此。」

所以他點頭這麼回應。

「如果想知道得更詳細，改天再找我吧。麻煩用那個聯絡。」

良平伸手指向名片上面印的ＱＲ碼。

「不過梓川，你肯來真是太好了。」

良平收手之後重新坐好，感慨地說出這種話。

「畢竟我個人想和你好好談一次。」

「你在覬覦我？」

「怎麼可能！」

良平心情亢奮起來，再度大笑出聲。就在這個時候……

「啊，在這裡。抱歉，遲到了一分鐘～～」

「晚一分鐘勉強算準時吧？」

兩名女生說著走了過來。一人個頭嬌小留長髮，另一人個頭中等，鮑伯頭。

「打擾了～～」

先脫掉靴子踩上榻榻米座位的是嬌小女生，服裝是連身裙加一件開襟上衣；另一名女生是長裙配毛衣，丹寧外套只披在肩膀沒穿上。

兩人入座，點的飲料送上桌之後，咲太人生第一場聯誼開始了。

「今天謝謝各位捧場，感謝。」

由良平帶頭乾杯。

良平就這樣打頭陣開始自我介紹。簡潔地說明姓名、就讀系所與年級、現在熱衷的事情。接著依序由拓海、咲太進行自我介紹。

每當一個人說完就鼓掌炒熱氣氛。節奏順暢，情緒高漲。良平、拓海以及兩個女生看起來都笑得很開心。

咲太也適度地配合，但實際上，場中的對話內容連一半都沒聽進去，因為另一件更讓人在意的事占據咲太的腦海……

剛才在站前廣場目擊的事件。

赤城郁實的行動意味著什麼？

咲太在掛念這件事。

所以即使輪流自我介紹完畢，他也沒記清楚兩名女生的姓名。總之至少確認她們稱呼彼此為「千春」與「明日香」。

個頭嬌小的是千春，個頭中等的是明日香。

聊天內容從自我介紹自然演變成家鄉話題。像是高中意外地近；社團去過那裡比賽；「那我們可能早就在某處見過」；「沒這回事」……

大概因為是市立大學，橫濱市出身的學生很多，神奈川縣出身的也很多。五人之中只有拓海不一樣。

之後也是重複「我懂」、「這我知道」之類的附和，漸漸了解有哪些共通點。為了讓拓海也融入話題，千春與明日香拿手機秀出高中時代的照片……最初的三十分鐘稍縱即逝。

所有人點第二杯飲料的時候，正在翻找下一張照片的千春手機震動了。

「啊，另一個女生說她到車站了。」

現在剛下車到櫻木町站的月臺，大概還要十分鐘才會到吧。現在站前應該還是因為萬聖節扮裝活動而擠滿人潮。

「啊，對了，你們看你們看！」

千春回簡訊之後順便操作手機，將畫面朝向所有男生。

顯示在畫面上的是推文型社群軟體的留言。

——十月三十一日，好像要在櫻木町參加聯誼！說不定這天會遇見真命天子！　#夢見

上面是這麼寫的。

「『#夢見』的推文成真了耶。」

「hash tag夢見」這個陌生句子的意思似乎是在留言最後以藍色文字加上「#夢見」。

「妳每週都在聯誼，這種願望當然會成真啊。」

一旁吃著烤雞肉串的明日香這麼說。

「這是一個月前寫的耶，我早就忘了啦～」

「真的嗎？」
良平裝出懷疑的態度出言消遣。
「真的啦。」
正如預料，千春一時生氣，把手機遞到良平面前，就像要他仔細看發文日期。
拓海也笑著旁觀這段互動。
只有咲太完全不知道是怎麼回事。
「那個『＃夢見』是什麼？」
如果這時候不問將會完全跟不上話題。如此心想的咲太直接發問，千春、明日香與良平隨即一臉驚訝地看向他。
「你不知道？」
「梓川沒有智慧型手機，對這種東西不熟。」
拓海幫忙緩頰。
「真的假的？」
「你瘋了嗎？」
千春與明日香比剛才還要驚訝，表情像是第一次看見這世間不存在的東西。
不過以咲太自己的立場，這當然是真的，他也沒瘋……

「這種橋段上演過很多次，夠了啦。」

「我們是第一次喔～～」

千春配合咲太的玩笑話笑了。雖然她的說話方式有點嗲，不過腦子相當機靈，是可以愉快交談的類型。

「所以『＃夢見』是什麼？」

咲太再度詢問，良平比千春先開口了。

「原本好像只是用來聊自己當天的夢境的ＴＡＧ。」

「『ＴＡＧ』算是一種標記，讓大家知道你在聊這個話題。」

拓海拿起玻璃杯喝飲料，同時為咲太說明。

「不過最近愈來愈多人在傳寫下來的夢接連應驗了。」

良平點頭回應拓海的話之後接著說了。

「我也調查過，像是猜中藝人的緋聞，大雨災害成真，真的變得像是預知夢。」

「還有我的聯誼夢也是！」

千春將手機螢幕朝向良平的臉，逼良平把她加入案例。

「夢境應驗的預知夢啊……」

咲太半信半疑地如此理解後，喝起端上桌的烏龍茶。只不過，他不認為這是天方夜譚。咲太知道某個女高中生曾經在夢中模擬幾個月後的未來，這對小惡魔來說易如反掌。

「千春，他不相信妳耶。」

「好過分～～」

千春像在責備，臉上卻掛著滿不在乎的笑容。她自己也沒有真的相信這個傳聞，只當成聯誼聊天時炒熱氣氛的題材之一。為咲太說明「#夢見」原由的良平也是如此，拓海或明日香也不例外。這是常聽到的都市傳說，現在只是隨興聊到這個話題，並不是把這種荒唐事當真。

如果是以往，咲太也會不以為意地聽過就忘。

可以的話，他今天也想這麼做。

然而咲太做不到。因為他來這裡之前，在站前廣場目睹了赤城郁實的行動。

既然察覺某種可能性，扔著不管也會全身不舒服。

「那個，有沒有推文寫到今天在櫻木町的站前廣場會發生事情？」

「什麼嘛，梓川同學，原來你很喜歡這種玩意兒啊。等我一下喔。」

咲太以外的四人不抱任何疑問，打趣的同時操作手機。等待約十秒之後，同時響起四個「找到了」的聲音。

「——夢見南瓜燈籠掉落，害小紅帽女孩受傷，糟透了……推文是這麼寫的。」

拓海代表眾人唸出內文。咲太從旁邊看向畫面，留言日期是九月三十日，一個月前。

可以的話，咲太不想知道這種事。

為什麼郁實能在南瓜燈籠掉落之前阻止小女孩？

這個謎解開了……

只不過是傳聞，是都市傳說。郁實相信這種事，保護小紅帽女孩免於受傷。

簡直像是正義使者……

謎底暫且得以揭曉，卻還留下不明就裡的事。

咲太心中的疑問反而愈來愈大。

郁實為什麼要做這種事？

因為恰巧看見留言而感到在意嗎？

迷你裙聖誕女郎說她也送了禮物給郁實，這兩件事有什麼關聯嗎？

「梓川同學，下一杯要喝什麼？」

咲太整理好思緒之前，千春遞了菜單給他。

烏龍茶還剩半杯，不過應該會在下一杯上桌前喝光，所以咲太點了第三杯烏龍茶。

他將菜單還給千春。

接過菜單的千春臉蛋微微泛紅，注視著咲太，雙眼蘊含強烈的好奇心。她要提那件事了——

咲太從她的模樣如此猜測。

「啊，要吃毛豆嗎？」

咲太個人想盡量避免聊到這件事，所以先岔開話題。

「謝謝。」

千春接過盤子，拿起毛豆莢送到嘴邊，一顆顆擠出來之後說著「好吃」享用。

「不，我不是要說這個。」

她扔掉毛豆莢的時候，好像察覺了咲太的戰略。到了這個地步，已經無法避開那個話題。

「梓川同學，你真的和櫻島麻衣在交往嗎？」

咲太回過神來才發現明日香與良平也都看著他。

只有拓海在吃番茄，嘴裡稱讚「這家的真好吃」。

「沒在交往喔。」

總之先大刺刺地說謊。這種程度的玩笑話應該對現在這些成員管用。

「我想也是～～」

千春確實配合咲太如此附和。

「不對，你們在交往吧？」

對咲太吐槽的是拓海。

「算是吧。」

咲太無奈地含糊承認。不能在這時候多嘴，給嚴禁緋聞的藝人麻衣添麻煩。

「要怎麼做才能和藝人交往？」

明日香接著詢問。

「上同一所高中吧？」

「光是這樣沒辦法交往吧～～契機是什麼呢？」

千春做出握著麥克風的手勢伸到咲太嘴邊，語氣完全把自己當成了記者。

「我在期中考考到一半溜出教室。」

「然後呢？」

千春與明日香異口同聲。

「走到無人的操場。」

「然後呢？」

這次連良平也一起問。

「用全校學生都聽得到的音量表白『我喜歡妳～～』這樣。」

「真的？」

千春以不敢相信的眼神看向咲太，明日香與良平也一樣。

「都是真的。因為我就在教室親眼見證了。」

一個女性的聲音出言肯定，然而那不是千春或明日香，當然也不是咲太。似曾相識的聲音。

不過直到看見對方的長相，咲太都沒想起來。

咲太抬起頭，視線捕捉到一名來到坐式榻榻米包廂的女大學生。

「啊？」

首先發出的是這個脫線的聲音，後續說不出更多話語，張開的嘴只發出細微呼吸聲。

遲到的第三名女生無視這樣的咲太，脫下鞋子走上榻榻米，然後……

「抱歉我來晚了。我是護理系一年級的上里沙希。」

她這麼說。

咲太腦海浮現昨天佑真說的話。

——沒有要對我說些什麼嗎？

——看來你果然還沒察覺。

——我再保密一陣子吧，畢竟這樣應該比較有趣。

咲太瞬間理解了，原來那幾句話都在暗指這件事。

第二章

不協調音

1

第三堂的電腦實習課上完之後，咲太依然留在設置電腦的資訊教育實習室。他默默敲鍵盤在試算表軟體輸入數字，完成剛才分發下來的作業。

「昨天的聯誼真開心啊。」

旁邊座位的拓海自言自語般這麼說。他坐在電腦椅上原地打轉，同時滑著手機。

其他學生都在打鐘的同時離開，室內只剩咲太與拓海。

「除了我與上里，想必都聊得很開心吧。」

咲太就這樣專注地寫作業，只在嘴上回應。

昨天聯誼時的「那件事」真的是料想不到的事件，咲太著實嚇了一跳。

和咲太就讀同一所高中——峰原高中的同班同學上里沙希，也是佑真的女友。這樣的沙希和咲太就讀同一所大學，出現在聯誼會場……

咲太沒聽佑真說過這件事，這半年來也沒發現。

而且她念護理系。

咲太眼中的沙希是和「療癒」完全相反的一個人，所以這一切都太意外了。

咲太與沙希像這樣出乎意料地重逢，拓海、良平、千春與明日香順著聯誼的興致當好戲看。後來話題理所當然聚焦在兩人的高中生活，接連發動詢問攻勢，一直持續到聯誼結束。

從校舍看得見海，搭乘沿著海岸線行駛的江之電通學，距離江之島與鎌倉都很近的高中。加上「櫻島麻衣」也就讀那所高中的事實，話題當然聊都聊不完。

「搭江之電通學真好，每天都在享受青春耶。」

「那所高中在我可以正常通學的距離，我知道的話絕對會去報考。」

「真的真的。」

住在通學範圍內的千春與明日香特別感興趣。

「是說沙希，妳之前怎麼都沒說？」

千春說著搖晃沙希的肩膀。

關於自己的母校，沙希好像直到昨天都沒和大學朋友聊過。咲太大致可以想像原因。一聽到峰原高中，話題很容易就會聚焦在「櫻島麻衣」，甚至可能會被要求引介認識。她應該是不想增加這種麻煩事吧。

「到頭來，我還是不知道真相耶。梓川你為什麼和上里同學處不好？」

依然在滑手機的拓海這麼問。

「昨天那樣算是很好了。」

昨天坐在同一桌共處長達一個半小時，在高中時代無法想像這種事。

「那樣算好？」

「那樣算好。」

雖然不像之前明確說出口，不過大家應該都有察覺沙希對咲太的厭惡感。話雖如此，卻也沒將氣氛搞到冷場。

借用美織的說法，咲太與沙希在這方面都處理得很好，因為已經是大學生了。

拓海他們也察言觀色，機靈地避免打破砂鍋問到底。

「咲太，實際上你覺得上里同學怎麼樣？」

「覺得她好像討厭我。」

咲太隨口回應，將輸入完畢的作業存檔，寄到負責電腦實習課的大學講師的電子信箱。

完工之後，咲太以「#夢見」進行搜尋。難得這裡有電腦，他沒道理不利用。

「不知道夾在你們中間的消防員男友是怎麼想的。」

「大概覺得我們相處融洽是再好不過吧。」

老是聽兩邊說彼此的壞話，佑真內心應該也不是滋味。咲太自認沒那麼頻繁地抱怨沙希，卻也不是完全沒提過。

沙希恐怕對佑真抱怨咲太很多次吧。在高中時代，沙希甚至要求咲太「不准接近佑真」。

「那麼，哎，算啦。」

拓海逕自接受般這麼說。

「怎麼了？」

咲太姑且反問，但他的注意力還是朝向電腦畫面。帶有「#夢見」標籤的推文無止盡地排列在畫面上，咲太實在沒力氣全看。先將日期限定在今天，減少為三百則左右，但還是很多。

咲太懶得全部檢視，轉頭看向沒回應的拓海。

「福山？」

他還在滑手機。

「總之，你馬上就知道了。」

拓海終於抬起頭，刻意發出「嘿嘿嘿」的笑聲。

還來不及回以疑問，某人的腳步聲就進入教室。

腳跟高聲踩響。

咲太循著聲音看向門口，出現的是他們正在聊的人物……上里沙希。

沙希一看見咲太就大步走過來。

「福山同學，謝謝你。」

她在途中看見拓海，便簡短地道謝。

「不客氣。」

拓海從不斷轉圈的椅子上起身，將手機收進口袋，像是要將洩漏咲太所在位置的物證隱藏起來……

「那麼，我先走了。」

告密的線民拓海輕輕舉手示意，離開教室。

只留下咲太與沙希兩人。

「……」

「……」

不自在的沉默降臨在兩人之間。

不過，沒有持續太久。

「不准對佑真多嘴啊。」

先開口的是沙希。

「大概不可能了。」

「啊？」

「因為我昨天就在電話答錄機抱怨了。我說妳不只遲到，還自我介紹說和帥哥消防員正在熱戀，毀掉我的第一場聯誼。」

而且沙希以「我有男友」為理由，斷然拒絕和拓海、良平交換聯絡方式。不用說，當時瞬間充斥尷尬的氣氛。

所以她恐怕是透過千春或明日香向拓海問出咲太的行蹤。

「……」

沙希板著臉聽咲太說明，沒有抱怨。

「我只是為了湊人數，不得已才陪千春她們參加。」

「這妳去跟國見說吧。」

「我會說的，今天晚點會見面。」

「妳找我就只是為了這件事嗎？」

「我的話沒事了。」

咲太不認為還有其他事要說，但是沙希給了一個莫名的回應。

「妳的話？」

聽起來像是其他人有話要對咲太說，而且這個解釋正確無誤。

沙希無視咲太的反問。

「抱歉。我說完了，妳可以進來了。」

她朝走廊這麼說。

像是取代沙希進入教室的人令咲太倍感意外……說來驚訝，是赤城郁實。

「沙希，謝謝妳。」

「郁實，明天見。」

兩人簡短交談之後，只有沙希離開。

郁實朝著走廊揮手好一陣子，聽不到沙希的腳步聲之後，她靜靜地轉向咲太。

鑽過桌子之間，緩緩接近。但她沒走到咲太身旁，停在隔三個座位的位置。

「梓川同學，你和沙希是同一所高中啊。」

「赤城，妳和上里是朋友啊。」

她們兩人以名字「沙希」與「郁實」互稱，完全沒有生硬或客套的感覺。

「嗯。我上大學之後第一個說話的對象是沙希，她也經常來我成立的志工團體幫忙。」

「課業輔導的志工？」

「梓川同學，你知道啊。」

「因為我好幾次看見妳在招募志工。」

「這樣啊。」

在平凡無奇的對話中也有摸索距離般的慎重與緊張感，兩人說話時顯然在慎選言辭。

雖說是國中時代的同班同學，不過當時幾乎沒講過話。以什麼態度對話才是正確解答？咲太與郁實都難以拿捏。

「上里居然會當志工，我很意外。」

「會嗎？但我覺得很像她的作風。」

「是這樣嗎？」

「她說她立志當護理師，也是想成為消防員男友的支柱。很可愛吧？」

「或許她對我以外的人都很好，在國見面前很可愛。」

因為她好歹是那個國見佑真的「女友」。

「啊，我說的這件事別告訴沙希喔。」

「放心，我應該沒機會說。」

即使今後會在校園遇見，咲太也不認為沙希會特地過來搭話。沙希應該也是同樣心情。

「赤城，妳為什麼升學就讀護理系？」

「因為成為護理師可以幫助那些需要幫助的人。」

一般來說大多會掩飾或含糊帶過的真心話，郁實自然而然地說了出來。聽到她這樣回答，就無法做出胡鬧的反應。

不過，這對咲太來說比較方便行事，他也懶得耍心機互探虛實。

「那麼，妳之所以相信『#夢見』，之所以扮成正義使者，也是基於這種原因嗎？還不惜扮裝成護理師。」

咲太維持和剛才相同的態度，大膽切入核心。

「我並不是一直都打扮成那樣。昨天是因為剛好和志工教室的國中生們玩萬聖節扮裝。」

即使突然進入正題，從郁實的言行也看不出慌張，只因為扮裝被看見而略顯害臊。

「這種助人的行徑，妳一直都在做？」

郁實剛才只否定扮裝的部分。

「不行嗎？」

她沒搪塞，而是徵求意見。

「我以為妳不相信那種超自然現象。」

至少郁實在國中時代不相信思春期症候群，她是當年沒能理解咲太訴求的同學之一。

「……」

聽到咲太直截了當地這麼說，郁實表情凝重，不發一語。她的雙眼在猶豫接下來要說什麼。

「梓川同學……」

停頓數秒之後，郁實的嘴唇微微蠢動。咲太猜得到她的下一句話。

「拜託別說『對不起』，我會不知道該怎麼反應。」

咲太斬釘截鐵地打斷她的話。

這件事已經過去了，郁實也沒必要道歉。如今她即使懷抱罪惡感，咲太也只會覺得煩。

「那麼，我不道歉。」

郁實的表情忽然變柔和。

「所以赤城，妳找我有什麼事？」

到目前為止的對話應該沒讓郁實達到目的吧。她來找咲太的原因，恐怕是想試探咲太對昨天看見的事做何感想。

「我是覺得你絕對不會來啦……不過大家聊到這個月底要舉辦同學會。」

這是咲太完全沒想像過的話語。

「……」

郁實說的同學會當然不是小學，也不是高中的。

「國中的。」

郁實降低音量補充。

「我確實不會去。」

咲太自認是正常地回答，卻覺得聲音不是自己發出來的。他明白自己內心還有一些在意的要素，不禁嘲笑自己。

「既然像這樣見到面，我想還是給你邀請函吧。」

郁實走到咲太面前，遞出一張對摺的紙。要拒絕也很麻煩，所以咲太姑且收下了。打開一看，裡面寫著「同學會須知」。

十一月二十七日星期日，下午四點開始，地點好像是山下公園附近的店。

「別在意我，祝妳玩得愉快。」

「我大概也不會去。」

「為什麼？」

並不是想知道理由，只是順著對話反問回去。

「因為有交男友的女生會來炫耀。」

「比方說『我男友是就讀名門大學的帥哥』這樣？」

「比方說『郁實妳也趕快交男朋友吧』這樣。」

「同學會就是這種聚會耶。」

以往沒獲得這種機會的咲太沒參加過同學會，但他也不曾特別冒出想參加的念頭。

「有事情能炫耀的人會玩得很愉快吧。」

這句話明顯是衝著咲太說的。

「因為我和麻衣小姐在交往啊。」

「如果你去參加同學會，大家就不方便說些什麼了。」

「我可不是為了這個原因才和麻衣小姐交往。」

「不然你們是為了什麼原因交往？」

「為了讓彼此幸福。」

咲太半開玩笑地說出真心話想逗郁實笑。

「……」

可是郁實沒笑。她露出驚嚇的表情不停眨眼，接著害羞地臉紅，用右手頻頻搧風。

「別這樣啦，我會難為情。」

「赤城妳沒有嗎？」

「沒有什麼？」

「想跟大家炫耀的事情。」

「你說呢？」

郁實含糊地回答，然後含糊一笑。明明說個不痛不癢的謊言就好，她卻沒這麼做。

所以她不想參加同學會應該是基於某個明確的理由。大概是曾經和某人大吵一架而咲太並不知情，如今不方便見面吧。

郁實瞥向時鐘在意時間。

「我得走了。」

咲太沒有刻意問「接下來有什麼事嗎？」這個問題。即使不問，看郁實的臉就知道她要去做什麼。

因為郁實的雙眼在一瞬間注意到咲太前方的螢幕……現在螢幕上依然顯示著「＃夢見」的搜尋結果。

所以和昨天一樣，郁實要依照「＃夢見」寫到的預知夢前去拯救某人脫離不幸。

「再見。」

郁實將包包揹在肩膀上，準備離開。咲太朝她的背影開口。

「助人也要適可而止啊。」

郁實停下腳步，只稍微轉向咲太。「為什麼？」她的雙眼如此詢問。

「試著改變未來，結果也可能引發更壞的事態吧？」

甚至也會引發最壞的事態，咲太明白這一點。

「知道了。我會小心。」

郁實露出客套的微笑，這次真的離開了教室。

獨自留下來的咲太操作滑鼠。

「妳什麼都不知道。」

用滑鼠點選「關機」。

晚點要到補習班兼職當講師，不能老是管別人，咲太也有自己的生活要過。

2

咲太來到兼職的補習班一看，理央在教職員室前方的自由空間。她已經穿上補習班講師的外衣——像白袍的西裝外套。

身穿峰原高中制服的男學生正在和理央說話。他個子很高，和理央差了一個頭以上，所以咲太立刻猜到是誰。

「是國見提到的學弟嗎……」

比咲太他們小兩歲，現在二年級，參加籃球社。

理央說明題目的解法時，他一臉正經地注視著。

「這裡要先計算動量……」

理央將算式寫在桌面攤開的筆記本上。她上半身往前彎，和男學生的距離當然就相對拉近。

男學生大概是在意這一點，便大幅向後仰保持一定距離。

從嘴角看得出他面對女性的緊張，但是咲太覺得原因不只這一個。因為他的視線不是朝向筆記本上遊走的筆尖，而是低著頭的理央的表情。

「接下來套用公式就能解開，你試試看吧。」

理央在停手的同時抬起頭。他和理央四目相對的下一瞬間，移開視線看向自動販賣機。

好純真的反應，看來應該沒錯了。

「你有在聽嗎？」

理央仰望他。

「我有在聽。」

低沉鎮靜的聲音。

「懂了嗎？」

「不懂。」

「你剛才沒在聽吧？」

「對不起。」

咲太看著這樣的互動沒多久，兩人幾乎同時察覺他的視線。

「那個，謝謝老師。我再試著自己挑戰一次。」

大個子學生匆忙闔上筆記本，走向自習室。

「不懂的話再問我吧。」

理央朝他的背影這麼說，他回應「好的」轉身鞠躬，然後這次真的進了自習室。

「聽說是國見的學弟。」

「好像是。」

「叫什麼名字？」

「加西虎之介。怎麼了……？」

理央的眼神看起來感到好奇，想知道咲太為什麼問這個問題。

「因為好像會發生有點有趣的事。」

「……？」

看來理央聽不懂咲太想說的意思，不像平常那個敏銳的理央。不過，對於別人展現的好感，人們有時會意外地遲鈍。當局者迷，旁觀者清。

「我要準備上課了。」

「啊，等一下，雙葉。」

「什麼事？」

「妳知道『#夢見』嗎？」

「知道，怎麼了？」

「原來真的在流行啊。」

只要平常有在用智慧型手機，或許會在某處看見這個情報。

「這和霧島透子有關嗎？」

「赤城利用『#夢見』做了正義使者會做的事。」

正確來說應該是「正在做」。從道別時的模樣想像，她今天應該也前往了某處要拯救某人。

「為了什麼？」

「大概是無法放任這種事吧？她甚至成立志工團體，在助人這方面很積極。」

「她從國中時代就這樣嗎？」

「忘記是班長還是風紀股長……她好像做過這種職務。」

只不過，咲太幾乎不記得了。

一班多達三十幾人，也可能有那種一整年都沒講過半句話的同學。對咲太來說，赤城郁實就是這樣的人。

「不過，聽你剛才這麼說，這件事本身並不是她的思春期症候群吧？前提是她的思春期症候群正在發作。」

「哎，是這樣沒錯。」

郁實只不過是在利用「#夢見」助人，加上「#夢見」這個標籤的社群軟體留言應該都是素味平生的陌生人寫的。

郁實看見留言，昨天拯救小紅帽女孩免於燈籠掉落的意外，如此而已。

在這個事件的過程中，完全沒提到郁實的思春期症候群。用不著提及，這件事就落幕了。

「雙葉，妳覺得這是怎麼回事？」

「既然她不覺得困擾，我認為不必管她。」

確實如理央所說。

「她擔任正義使者，甚至成立志工團體，我不認為這樣的她罹患思春期症候群。」

「說得也是。」

一言以蔽之，郁實她行有餘力。

相較之下，咲太以往看過的思春期症候群對當事人來說是一件更嚴重的事情，是一種強烈的情感。

目前從郁實身上感覺不到這種東西。

狀況不同的唯一案例應該是卯月的思春期症候群。不是急遽變化，而是一點一滴變成如此，回過神時已經改變了。

「有人代替你成為正義使者，真是太好了。」

理央以手上的資料夾輕拍咲太的肩膀，就像在慰勞一直以來辛苦了。她就這麼走向上課區。

「現在確實是從思春期畢業的好時機。」

咲太如此心想，進更衣室換裝。

複習期中考內容，講解二次函數的題目約五十分鐘。

「咲太老師～休息一下，我不行了。」

學生之一的山田健人趴到桌上。他的座位椅背上掛著制服外套，是咲太的母校峰原高中的外套。

另一名學生吉和樹里也穿著同款制服，是女生制服。

兩人使用的是一張三人長桌，隔著中間的位子坐在兩側。正前方牆壁上有白板，這裡是咲太的固定位置。有時候是寫白板上課，有時候是用學生的筆記本教學。

現在是先說明題目的解法，再讓兩人挑戰練習題。不過看來還沒寫完所有題目，健人的注意力就中斷了。

「山田同學，這堂課還有三十分鐘。」

補習班一堂課八十分鐘。

「太長了啦～」

確實比高中的上課時間長吧。不過從教學者的立場來看，八十分鐘意外地轉眼即逝。

「控制學生的幹勁也是老師的工作喔。」

健人把下巴放在桌面，說出這樣囂張的話。

看向一旁認真解題的樹里，她正悄悄地打呵欠。雖然不像健人那麼明顯，樹里的注意力好像也早就用盡。

「那麼，休息個五分鐘。」

「太棒了。」

這段時間也照樣有薪水領，所以有一點點罪惡感。話雖如此，這是學生想要休息，也在所難免。只不過要是默默經過五分鐘，他們兩人可能都會睡著。

「你們兩個知道『＃夢見』嗎？」

所以咲太帶頭閒聊。

「咲太老師，你相信那種東西？不太妙吧？」

「山田同學，不妙的是你的期中考分數喔。」

看見只考三十分的答案卷，精神比想像中還要疲累。既然是自己教的學生，咲太希望他們拿下好成績。

「我寫的夢成真了。」

這個聲音來自一直保持沉默的樹里。

「大約一個月前，我夢見以發球拿下致勝分。」

在沙灘排球賽獲勝……這是她想表達的意思。樹里加入平塚的業餘球隊，進入十一月的現在，樹里臉上依然留著夏季的曬痕，要是得知「她在打沙灘排球」，大部分的人都能接受吧。

「我寫在『＃夢見』之後，星期日的比賽就真的演變成這個結果。」

「這只是因為妳努力練習，發出妳想像中的好球順利得分吧？」

趴在桌上的健人興趣缺缺似的這麼分析。

「……」

樹里一臉正經地看向健人，大概是這句話令她感到意外。

健人沒察覺她的反應。

「別相信超自然現象，相信妳自己吧。」

他繼續這麼說。

「你這麼認真回答，我也很傷腦筋耶。」

樹里以最真的語氣這麼說，眼睛已經從健人身上移開。

「我……我又沒有在認真回妳！」

大概是被指摘之後感到難為情，健人坐直了向樹里辯解，不過樹里還是面向咲太。

「就算這樣，你說的話還是很噁。」

「居然說我噁，妳這個臭婆娘……」

「不准叫我臭婆娘。」

健人回嘴之前，樹里就繼續如此搶話。

話語被犀利地打斷的健人變得有口難言。

他嘴巴一開一闔，向咲太求助。

「安靜一點，不然在隔壁上課的雙葉老師會罵我。」

才這麼說完，就有人輕敲上課區的隔間牆。

「看吧，來了。」

咲太抱著被罵的決心，轉頭看向入口。

不過，從區隔空間的屏風後方出現的並非理央不悅的臉蛋。

是身穿峰原高中制服的女學生。

咲太認識的人。

之前只講過一次話的姬路紗良。她晃著及肩的輕柔頭髮，首先稍微鞠躬致意。

「現在方便打擾嗎？看你們好像在閒聊。」

「咦，姬路同學？」

轉過身的健人聲音明顯變調。

「第六堂課之後又見面了。」

紗良微微揮手回應。健人對此只是放鬆嘴角露出散漫的笑容，甚至不好意思揮手回應，看來他不知道該採取什麼態度而感到為難。

「……」

樹里只是默默地瞥了這樣的兩人一眼。

「姬路同學，請問有什麼事嗎？」

她不是咲太的學生，應該不是來找咲太的。

「可以讓我觀摩梓川老師上課嗎？」

「如果想確實理解數學，找雙葉老師比較好。記得我這麼說過吧？」

「梓川老師也說過如果只是想在考試拿到好成績，您是推薦的人選。」

紗良露出帶著調皮氣息的笑容。

「我本來是這麼想的，但現在失去自信了。」

「發生了什麼事嗎？」

紗良長長的睫毛眨啊眨的，帶著深感興趣的表情問了。

「因為山田同學考了三十分。」

「咲太老師，那是個人隱私！」

「好像笨蛋。」

此時樹里輕聲說了。她嫌無聊般托著腮。

「妳是怎樣啦！」

健人正要槓上樹里的時候，紗良坐到正中央的空位。

「啊，真的是三十分。」

紗良看過答案卷後笑出聲，健人因而說不出話。

他乖乖重新面向前方，挺直背脊坐好……

為什麼男生的反應這麼好懂？

「講義借我看喔。」

紗良像要乘勝追擊，將肩膀靠向健人。

「我？」

「我們是同學吧？」

「喔。」

看著拚命故做鎮靜的健人，咲太真的差點笑出來。但是繼續洩漏個人情報也不太好——如此心想的咲太決定宣布休息時間結束，再度開始上課。

3

晚上七點開始的補習班課程準時在八十分鐘後的晚上八點二十分結束。咲太擦掉寫在白板上的算式，最後一個離開上課區。

平常健人上完課就扔著不管的椅子，紗良整齊地收好。

在教職員室將今天上課內容整理在當日報表約十分鐘，被補習班主任叫住詢問紗良的事約五分鐘，後來在更衣室換好衣服，跟還待在教職員室的理央打招呼說「我先走了」，此時是下課二十分鐘後的八點四十分。

看來可以在九點前到家。

今天麻衣要過來做晚餐，咲太想分秒必爭地盡早回家。

咲太在電梯抵達後入內，立刻按下「關門」鍵。

「啊，請等一下。」

門即將關上的時候，某人慌張地從門縫鑽進來。是紗良。

「安全上壘了。」

「這算出局吧。」

剛才連忙觸碰「開門」鍵的手指再度回到「關門」。

這次門確實關上，電梯開始往下。

「梓川(Azusagawa)老師唸起來很長，可以叫您咲太(Sakuta)老師嗎？像山田同學那樣。」

「只要妳的語氣比山田同學尊敬就可以。」

健人的「咲太老師」聽起來是稱呼朋友的語氣。

「知道了，咲太老師。」

紗良喉頭深處發出清脆的笑聲。

「原來我意外地平易近人啊。」

「從正面意義來說不像老師。」

「正面意義是吧。」

電梯到達一樓。

咲太也跟著紗良走出電梯，兩人的雙腳自然朝車站走去。

「姬路同學要從這裡搭電車？」

「我家在片瀨山的方向，我媽會開車來接我。大概快打電話過來了。」

紗良說著從書包口袋抽出手機。這時，一起放在口袋的手巾輕盈落地。

「東西掉了。」

咲太蹲下去撿。

「啊，沒關係。」

紗良也隨即彎腰伸出手。

咲太覺得危險的時候已經來不及了。

腦袋響起「叩」的沉重聲響，甚至響到腦子裡。咲太與紗良幾乎同時蹲下，所以兩人的腦袋猛然相撞。

「好痛～～」

紗良雙手按住撞到的額頭。

咲太的額頭也逐漸發熱生痛。

「咲太老師，您沒事吧？因為我的頭是鐵頭。」

「可能裂成兩半了。」

「天啊，請讓我看一下！」

紗良雙手搭在咲太肩膀上，盡量挺直身軀。這個姿勢在旁人眼中可能會造成各種誤會。

「欸，根本就沒事吧？」

紗良假裝生氣之後，覺得有趣而笑出聲。

「來，這個還妳。」

咲太將撿起來的手巾交給紗良。

「謝謝老師。啊，我媽打來了。」

察覺手機來電的紗良接起電話。「嗯，在外面了，我立刻過去。」她對著手機話筒這麼說。

「那麼咲太老師，我先走了。」

紗良鞠躬致意後，朝著圓環的方向消失身影。只留下額頭帶著熱度的這股痛楚。

「真的是鐵頭……」

咲太摸撞到的部位，那裡有些腫起來了。

和紗良道別之後，咲太以比平常快一些的速度踏上歸途。秋天晚風沁涼，會稍微冒汗的行走速度好舒服。

渡過橫跨境川的橋，等一個紅綠燈，沿著平緩的坡道往上走。經過公園之後，咲太居住的公寓就近在眼前。

接下來這段路，咲太一邊調整呼吸一邊走。

看一下公共玄關的信箱，搭電梯上五樓。

插入鑰匙之後，室內傳來某人說話的聲音。

「我回來了。」

咲太打開門朝屋內這麼說。

玄關排著比平常多的鞋子，幾乎沒地方可以踩。咲太站在狹小的縫隙脫鞋時，客廳方向出現一名穿著圍裙的女生。

「大哥，歡迎回來。要先吃飯？先洗澡？還、是、要、先～～」

「月月，妳在幹嘛？」

咲太打斷這個制式的玩笑話，以自然的態度吐槽。單手拿著湯勺來到玄關迎接咲太的人無疑是廣川卯月，所以這也在所難免。

「聽說今天吃咖哩，我就前來作陪了。」

卯月以很像她作風的獨特理由回答，咲太當然無法就這樣回應「原來如此」點頭同意。不過要是繼續對話到可以接受，咲太應該會被擋在玄關好一陣子，咲太可不想這樣，這裡明明是咲太的家……

「月月，現在是妳的重要時期，要小心緋聞喔。」

咲太說完後進屋。

「如果今天被拍到，標題就是『廣川卯月華麗的咖哩夜』！」

「要是因為這樣接下咖哩的廣告就好了。」

咲太隨口這麼說，來到客廳。

「我回來了。」

「咲太，你回來啦。」

首先迎接咲太的是站在廚房的麻衣。高腰寬管褲搭配肩膀若隱若現的毛衣，現在外面穿了一件圍裙。

「哥哥，你回來了。」

「咲太，歡迎回來～」

緊接著，坐在電視前面的花楓與和香只轉過頭朝這裡說話。畫面播放的是本來在星期日早上播的特攝英雄節目，咲太對畫面中高傲大笑的反派幹部有印象。是甜蜜子彈的成員之一，名字是岡崎螢。

看來是和花楓一起在看預錄的影片。

「大哥，歡迎回來！」

從後方追過來的卯月懷著亢奮的心情拍打咲太的肩膀。

咲太環視高朋滿座的室內。

「總覺得好多人……」

這是他率直的感想。

「只剩你還沒吃，洗手漱口之後坐下吧。」

「咦～～我還以為可以和麻衣小姐一起吃……」

咲太依照吩咐，先到盥洗室洗手漱口。

「吃飯的時候會陪你啦。」

咲太相信這句話，在飯桌旁就座。

「來，請用。」

麻衣將橢圓形的咖哩盤擺在咲太面前。

水水的咖哩。

俗稱的湯咖哩。

香料的香味令人食指大動。

配料很簡單，只有雞肉與炸過的蔬菜——馬鈴薯、茄子、櫛瓜。

「我也有請大家幫忙切蔬菜。」

麻衣脫下圍裙，坐在咲太正前方。她依照約定陪咲太吃飯。

咲太首先用湯匙舀起馬鈴薯。莫名方正的馬鈴薯。

「馬鈴薯是豐濱負責的嗎？」

「不准抱怨，給我吃。」

「我還沒抱怨啊。」

無論形狀如何，香料味明顯的微辣湯頭和鬆軟的馬鈴薯是絕配。即使是和香切的，好吃的東西依然好吃。

接著舀起來的是茄子，只有切掉蒂頭再大致切成四等分。就算這樣，清炸時吸收的油使得表面油亮，看起來真的很好吃。

「切茄子的是花楓嗎？」

「不可以抱怨，要吃喔。」

「我還沒抱怨啊。」

俗話說「秋茄子不給兒媳婦吃」，明明是蔬菜卻料理得多汁美味。

最後的蔬菜是櫛瓜，褐色的湯加上美麗的綠色點綴。

「櫛瓜(Zukkini)是廣川負責嗎？因為和『月月(Dukkii)』發音很像。」

「答對了！」

卯月拍手稱讚咲太。

享受過湯頭與蔬菜，終於輪到雞肉了。雞腿肉燉得軟嫩，用湯匙也能輕易挖開。湯汁裹住挖開的切面，香料的刺激與肉的美味讓口腔洋溢幸福，白飯自然是一口接一口。

「麻衣小姐，超好吃的。」

「太好了。」

托著腮注視咲太的麻衣露出甜美的微笑。

「我的麻衣小姐今天也好可愛耶，真的。」

如果只有他們兩人就完美了，但是今天電燈泡太多。

「對了，我有東西要給大哥。」

卯月的聲音立刻介入兩人之間。

她在沙發後方的包包翻找。「咦？找不到耶……」她嘴裡這麼說，幾乎把包包裡的東西都拿出來了。

「找到了！」

終於找到並拿出來的是兩張紙片。她面帶笑容拿著紙片走到飯桌旁邊。

「這個星期日會在校慶舉辦演唱會，你要和麻衣小姐一起來喔。」

卯月說著放在桌上的紙確實是演唱會的票。

「哪裡的校慶？」

「我們的～～」

和香整個人攤在沙發上慵懶地說了。她放鬆得簡直像把這裡當成自己家。

仔細檢視票面，確實清楚寫著咲太他們就讀的大學校名。

「今年的校慶，甜蜜子彈受邀擔任嘉賓。」

卯月帥氣地比出勝利手勢。

「妳的凱旋演唱會來得真快。」

卯月自願離開大學是短短一週前的事，這當然是卯月離開大學之前決定的行程……但她突然退學，相關人員應該嚇出一身冷汗吧。

「人哥，你怎麼不知道？」

「因為沒人告訴我。」

「我一直以為卯月有說。」

「我自認應該說過。」

和香與卯月各自辯解。不過卯月的說法不算辯解，比較像是嫌犯自白。

「票我就感恩地收下了……不過麻衣小姐，星期日要工作嗎？」

這是最基本且最大的問題。

「我原本就想和你一起逛校慶，所以把那天空下來了。」

「我之前都沒聽說。」

「要是接到緊急工作放你鴿子，就必須讓你要一次任性當賠禮，所以才瞞著你。我才要問你，你星期日沒問題嗎？」

「花楓，連鎖餐廳的打工幫我代班。」

「我也要和小美一起去演唱會，辦不到。」

花楓得意洋洋地秀出兩張票給咲太看。看來她也拿了票。

「之後再拜託古賀嗎……」

「要不要現在幫你問？」

花楓伸手拿手機。

「拜託了。」

「等我一下。」

花楓嘴上回應時，手上已經在操作手機，大概是用傳訊軟體聯絡朋繪。

「啊，她回了。」

「了不起，真快。」

這個時代的女高中生朋繪果然和智慧型手機是好朋友。

「她說『我想吃車站賣的泡芙』。」

「幫我轉達，改天我請她吃十個。」

「她說『一個就好，一定要跟他說喔』。」

被她漂亮地搶先一步，不愧是拉普拉斯的小惡魔。

「和麻衣小姐的校慶約會，我好期待喔。」

「應該要期待演唱會啦！」

和香說著迅速從沙發上起身。

「姊姊，我和卯月先回去放洗澡水喔。」

「這樣啊？拜託妳了。」

時鐘指針即將走到十點。和香說聲「再見」輕輕舉起手，然後走向玄關。

「花楓、大哥，打擾了。麻衣小姐，我要過去打擾了。」

卯月追著和香離開。

「月月，妳要住麻衣小姐家？」

咲太來到玄關送她們，朝正在穿鞋的卯月的背影問了。

「呵，呵，呵！」

她以神祕的笑聲回應，臉上寫著「很棒吧」炫耀。

「我會在浴室好好確認和香的發育程度。」

「我不會和妳一起洗。」

和香維持冷漠的態度走向門外。

「咦～～一起洗啦～～」

卯月從後方抱住她跟著離開。
「啊，花楓，再見喔。」
門即將關上時，卯月從門縫揮手。
「好……好的。」
花楓揮手回應，門至此完全關上。
兩人離開之後，家中頓時回復平穩。
感覺日常生活終於回來了。
咲太鎖好大門回到客廳。
此時，麻衣已經開始收拾餐具。
「麻衣小姐，我來吧。」
「咲太，可以幫我泡杯咖啡嗎？」
「知道了。花楓也要喝嗎？」
「我要去洗澡。」
花楓背對咲太這麼說，進自己房間，沒多久就拿著洗完澡要穿的睡衣回來。
「對了，花楓。」
「什麼事？」

「我晚點要借筆電。」

「不可以用在奇怪的地方喔。」

「只是要查一些東西啦。」

如今說到使用電腦，花楓遠比咲太精通。對上函授制高中的花楓來說，這是每天必然要用的工具，可以說她的學校就在電腦裡。

「知道了。」

花楓不情不願地答應之後，氣息消失在盥洗室。門關上，而且確實上鎖。花楓也到了會在意各種事情的年紀。

「你要查的東西是『#夢見』？」

洗完碗盤的麻衣一邊擦手一邊問。關於昨天發生的事，咲太今天白天已經在大學連同聯誼的事情一起報告了。

「我想再多看一些資料。」

咲太拿著兩個裝好咖啡的馬克杯，和麻衣離開廚房。畫有動物的對杯，麻衣是兔子，咲太是狸貓。麻衣以「眼睛很像」為由選了狸貓給咲太。

餐具櫃還有兩個同款馬克杯，熊貓是花楓用的，獅子是和香。這是今年春天大家一起去動物園看熊貓時買的。

咲太將兔子與狸貓馬克杯放在餐桌，然後坐在電視前方的沙發，在矮桌上打開花楓的筆電。
按下電源鍵時……
「對了，咲太，這個。」
麻衣說著遞出天藍色的信封。
「花楓說這是今天寄來的。」
接過來的信封正面寫著「梓川咲太先生收」，光看仔細寫上的收件人字體就知道寄件人是誰。
說起來，會寄信給咲太的只有一人。
咲太撕下封口貼紙拿出裡面的信紙，慢慢攤開。
──您那邊完全進入秋天了嗎？
──我這邊還在過夏天。
──這就是證據照片喔，因為是翔子。（註：「證據」和「翔子」日文同音）
上面簡短寫了這幾句。
「照片？」
「在信封裡喔。」
麻衣從咲太放在矮桌上的信封取出照片。
「看，這個。」

她說著將照片拿給咲太看。

蔚藍的天空，浮在天空宛如山脈的雲朵，具透明感的南方海洋美麗得像人造物。翔子臉上掛著笑容站在軟綿綿的沙灘上，T恤衣襬束在腰間，褲裙下方看得見健康的赤裸雙腿。海面露出一塊心型岩石，她的姿勢像是以雙手捧起這塊岩石。

大概是用心計算相機位置與角度，讓照片看起來像是這麼回事吧。這顆愛心的旁邊還加上「好喜歡！」的手寫字句。

「翔子小妹愈來愈像翔子小姐了。」

「是啊……」

不只是所做所為，感覺她搬去沖繩之後也長高了，臉蛋也從「牧之原小妹」越來越像「翔子小姐」。初識時是國中一年級的她，如今也已經國中三年級。隨著歲月流逝，人們理所當然增加歲數並且成長……光是知道曾經和翔子共度這樣的時光，就覺得內心一陣暖意。

「我也不能糊裡糊塗地虛度下去。」

麻衣將照片放在矮桌上，改為伸手拿起餐桌上的馬克杯。

「嗯？」

咲太聽不懂麻衣這句話的意思而反問，麻衣隨即朝他露出不太高興的表情。

「因為總有一天，她會變成你的初戀對象翔子小姐。」

照片上的翔子表情已經明顯帶著「翔子小姐」的面容。

「啊～～」

原來是這麼回事。咲太點了點頭。

「咲太，你很高興嗎？」

麻衣來到沙發坐在他身旁。

「高興啊。因為到了春天，牧之原小妹就會如願成為高中生。」

或許活不到國中畢業。

曾經被醫生這麼宣告而活到現在的她，也即將在下個春天成為高中生。相較於天生身體健康而變成高中生、大學生的咲太，其中的意義還是不同。

翔子的人生和未來連結了，連向未來。

對此，咲太不可能不高興。

「我不就像是壞人了嗎？」

麻衣故意裝出鬧彆扭的表情，嘴巴湊到雙手捧著的馬克杯。「粉加太多了，好苦。」她進而這麼抱怨。

咲太總覺得很有趣，忍不住笑了。能夠進行這樣的互動，也是因為兩人位於現在。咲太實際感受著這份幸福，將信紙與照片收回信封。接著，他面向已經開機的筆電。

為了搜尋「#夢見」的相關資料。

點選標籤之後，畫面列出一整排留言。

只從瀏覽所見，留言內容沒有奇怪之處，幾乎都是在陳述朦朧的夢境。內容也不真實，劇情大多斷斷續續，只不過是娓娓道出昨晚作的夢。

然而，咲太發現其中混入好幾則雖然日期與時間零零碎碎，內容卻莫名清楚的留言。過於具體的內容，真要說的話令人覺得不對勁。

一般來說，在夢中不會知道今天是幾月幾日。

依照咲太的經驗，理解這種細節的夢只發生在之前被捲入朋繪的未來模擬那時候。因為當時覺得一切都是真實發生的事……

郁實或許是注意到了這一點。

「咲太，你對當時的班上同學有什麼感覺？」

抱膝坐在沙發上的麻衣將咖啡放在膝蓋上喝。

「哪有什麼感覺……」

麻衣問得過於唐突，咲太沒備好答案。

「國中時代的……這種事情，我幾乎沒經驗啊。」

「對她完全沒感覺嗎？」

以某個時期為界線，咲太無法回想起國中時代發生哪些事，所以他現在說的是真心話。是的，咲太如此深信不疑。

「畢竟以那件事為開端，發生了太多各種事情。」

「像是認識初戀對象對吧。」

麻衣面不改色地出言調侃。

「像是遭遇野生的兔女郎。」

「這你差不多該忘掉了。」

「然後……總之，真的是各種事。」

「是啊。」

「進入峰原高中之後，和國見與雙葉成為朋友，還認識麻衣小姐，花楓也回復活力……正確來說，應該是我不在意那段時期吧。」

並非將國中時期的事情忘光。當時所受的不被任何人理解的孤獨與絕望，想忘都忘不了。不過在這之後，咲太遇見了重要的人們，獲得了寶貴的每一天。執著於過去的理由早就已經消失。

嶄新的邂逅與累積的時間逐漸稀釋那段漆黑的記憶……混合各種事物變成灰色。

「那麼咲太，你已經原諒赤城郁實那個女生了嗎？」

「沒什麼好原諒的……」

從一開始就沒對郁實抱持任何心結。

咲太應該會這麼說才對。

然而不知為何，他說不出口。

「……」

雖然細微，咲太察覺自己體內有個像是芥蒂的東西。對過去感到芒刺在背的心情好像依然沉眠在內心深層。

「……」

看咲太說不出話，麻衣沒多說什麼，就這麼不發一語地輕輕依偎在他肩膀上。光是這樣，咲太就覺得麻衣陪在身旁而感到安心，也可以強烈感受到麻衣的存在。

「原諒別人是一件很難的事。」

「麻衣小姐也是嗎？」

「你每次和別的女生要好，就會耗損我好大的心力耶。」

開玩笑般的語氣，不過看眼睛就知道這番話是真的。麻衣是以委婉的說法在叮囑咲太。

「我今後會小心。」

「我就不抱期待吧。」

「咦～～」

「如果你說你有自信，那你每認識一個人就要為我做點事。」

「比方說什麼樣的事？」

「聽說某位天后級的女星要求老公每次毀約都要為她蓋一棟別墅。」

「我是不是應該趁現在去拜木工師傅為師？」

「不准花心。」

麻衣毫不客氣地依偎過來。

「還有，『為她蓋房子』不是字面上的意思。」

咲太當然明白這一點。

「我不會花心，沒問題的。」

「明明滿腦子都是赤城郁實那個女生的事。」

麻衣隨口挖苦，重新坐直。

「還是說，你在想霧島透子的事？」

萬聖節那晚之後，天秤應該比較偏向郁實吧。

「我總覺得很在意赤城。」

「是喔……」

「不是想入非非的那種意思。」

「不然是哪種意思？」

原因總共三個。

「我聽霧島透子說過，赤城也罹患思春期症候群。」

這是第一個。

「而且我曾經在另一個可能性的世界見到赤城。」

這是第二個。在那個世界，郁實和咲太一樣讀峰原高中。如果不是在那時見過面，即使在大學入學典禮被搭話，咲太應該也不會知道她是國中同學「赤城郁實」。大概想不起她的名字。

「再來的話，還是因為國中同校吧。」

第三個是老套又籠統的原因，如此而已，兩人之間並沒有特別的互動，沒發生任何事。明明真的沒發生任何事，要不是就讀同一所國中，咲太不會注意到郁實。即使霧島透子說郁實罹患思春期症候群，咲太也不會在乎吧。

明明是最平凡無奇的關係，卻感到不對勁。

就讀同一所國中。

說穿了，真的只是這種關係。

但若換個角度來看，根源的部分或許有交集。

對國中小都就讀公立學校的咲太來說，學校周圍的環境正是他首先認識的世界。

在那座城鎮長大的同學們大多在同一座公園玩耍，在同一間超市央求母親買零食，同樣被附近知名的恐怖大叔臭罵過。

如今藤澤對於咲太是住慣的城市，不過他出生長大的故鄉，橫濱市郊外那座城鎮的景色，應該不會從咲太的腦中消失，即使那裡是沒有特徵可言的平凡住宅區……

對咲太而言，那個地方是起點。

而且郁實存在於那幅景色的某處，存在十五年之久。這個數字占了咲太人生的大半。

所以比起高中或大學同校，就讀同一所國中的事實或許不知不覺具備了更勝於詞彙的意義。

「該說無法斷言是陌生人嗎……」

實際上，咲太就是這樣覺得。昨天的聯誼也熱鬧地聊著家鄉話題，像是「我知道那所國中」或是「去過站前的那間店」，在相同地區共享的這種記憶使得對方變成親近的存在。

「既然你這麼說，或許如此吧。因為以我的狀況，我真的不記得當時的同學。」

對於麻衣，那是她身為當紅童星必須以工作為優先的時期，咲太聽過她當時幾乎沒能上學。

「她對你也是同樣的感覺嗎？」

「這……」

咲太一度想說「應該不是」，因為國中時代咲太身處的狀況有特殊的一面。不過當時郁實也在那裡，只是看事情的角度不同罷了。她也在那座城鎮，也在那所學校，也在那一班。

要不是麻衣這樣提點，咲太或許一輩子都沒想過。

花楓遭受霸凌的時候，咲太痛訴思春期症候群真實存在的時候……班上同學有什麼想法？又在思考什麼……

對咲太來說，只有他自己是當事人，不曾想過周遭人們的心情，認定這種事在自己背負的問題面前微不足道。

覺得只有自己不幸。

然而未必如此。三十幾名同班同學都擁有情感，而且在那一瞬間，他們應該沒抱持高興、愉快……之類的心情。

因為坦白說，國中那一班的氣氛糟透了。

咲太以前聽花楓的朋友鹿野琴美說過，咲太他們搬家之後，輪到其他人進行獵殺魔女的行徑，對象是花楓班上帶頭霸凌的女學生們。結果那些女生也拒絕上學，最後好像都搬走了。

像這樣解決惡徒之後，這個事件被漂亮地加蓋封存。

假裝忘記一切，繼續過著剩下的國中生活……

咲太的同班同學沒等到這個結果就畢業，全部離開那所國中。因為他們是三年級……

不知道同學們在各自升學的高中過著何種生活，或許有人在這三年清算了這份情感，已經完

全忘記咲太的人應該占絕大多數吧。大概沒錯。

唯獨赤城郁實和咲太重逢了。

老實說，咲太完全無法想像郁實的心境。

不過咲太認為有影響。

即使是咲太，如今也將郁實視為「國中同學」。她成了被貼上這張標籤的特別對象。

這標籤比「女友」麻衣、「朋友」佑真與理央，還有「初戀對象」「翔子小姐」更早貼上。

咲太潛意識對郁實抱持親近感。不，或許是近似親近感的厭惡感。

聽到麻衣這麼問，咲太感覺終於稍微明白自己在意郁實的原因。

「她和你的這場重逢，不知是否和她正在做的事情有關……」

麻衣那注視馬克杯裡的雙眼像是回想起某些事。

「但是我和你都早就知道某些事吧？」

「說得也是。」

咲太明白麻衣想說什麼，明白得刻骨銘心。

「改變未來是何其殘酷又天大的行為。如果這麼做是為了某個重要的人，我不會勸阻，不可能說得出勸阻的話語。」

要是說出那種話，就非得否定咲太與麻衣以往做過的事，也會否定在沖繩的藍天下展露笑容的女孩所付出的努力。
「不過，原來麻衣小姐也反對正義使者啊。」
「因為你我都知道，某人的幸福或許會成為某人的不幸。」
「是啊。」
哭泣成那樣，痛苦成那樣，依然掙扎，掙扎再掙扎……然而還是撐不住，好不容易終於前進掌握到現在。
正因如此，不需要說出一切，咲太與麻衣的心情也緊緊相繫。
郁實的行為不是錯的，她在燈籠掉落時拯救小紅帽女孩脫險一定是值得讚賞的事。但是迴避那場危機的結果，不知道會在幾天後或幾年後為小紅帽女孩帶來何種命運。
不知道會對郁實造成何種影響。
某些未來因為這次的拯救而改變，這麼做或許會連結到更殘酷的未來，沒有任何人能否定這個可能性。
「要是說出這種話，很像是妨礙正義使者的惡徒耶。」
麻衣看向電視，畫面還在播放特攝英雄節目。飾演邪惡組織新幹部登場的岡崎螢說著：「好啦，收拾他們吧！」唆使怪人攻擊英雄們。
「那麼，惡徒就要像個惡徒的樣子，成立邪惡組織吧。」

聽了麻衣這麼說，咲太冒出想多管閒事的念頭，重新朝筆電伸出雙手。顯示的頁面是推文型社群網站。他立刻決定ＩＤ與密碼設立帳號，頭像採用那須野打呵欠的照片。

「那須野是總帥。」

咲太這麼說完，那須野以愛睏的聲音「喵～」了一聲。

4

約好要參加校慶的十一月六日，以為會盼望許久卻轉眼到來。

之前的這段期間，咲太只在十一月二日星期三去過大學。值得一提的只有一件事，就是向美織問了聯誼結果。

「和帥哥的那場聯誼結果怎麼樣？」

「去店家的途中被萬聖節遊行隊伍妨礙，我和真奈美走散迷路，所以不知道對方是不是真正的帥哥。」

「走路的時候要好好看著前面喔。」

咲太將自己的經歷放在一旁，建議身上不帶手機的美織這麼做。

「我也好想吃肉，很肉的那種肉～～」

隔天十一月三日本來就是節日，大學放假。四日以準備校慶為由，所有系所停課。

校慶第一天的五日，在咲太打工的時候就結束了。

因此咲太隔好幾天再度來到大學，正在舉辦校慶的校園充滿和平常截然不同的氣氛。

穿過裝飾華麗的正門，人群的熱氣從筆直延伸的林蔭步道捲向咲太。許多攤位在兩側櫛比鱗次。

來訪的遊客、開設模擬店的學生，攬客的吆喝聲此起彼落，穿著布偶裝的店員拿著招牌昂首闊步，人潮比早上的通學時段還要多。

熱鬧程度真的不負「慶典」之名。

洋溢活力的林蔭步道，光是要穿越就得費好一番工夫。

在這樣的氣氛中，甜蜜子彈客串演出的演唱會位於主會場的戶外舞臺。

表演的歌曲包括安可共七首，六首是甜蜜子彈的原創曲，另一首是卯月在廣告裡翻唱的霧島透子代表歌曲《Social World》。

負責主持的學生得寸進尺即興演出，例如進行團員訪問，煽動觀眾發動預定流程當中沒有的安可，但是和香她們絲毫沒有不知所措，以一如往常的默契炒熱會場氣氛。

不過結束之後，咲太前往當作休息室的教室時，中鄉蘭子說著「主持的女生太得寸進尺了

吧」，嘶著嘴表示不滿……

聽到這句話，和香等人笑了。

這樣的甜蜜子彈成員們稍做休息之後，必須前往講堂一趟，好像是受託在校內男女選拔比賽送花並且致詞祝賀。

演唱會拖延到一些時間，因此五人甚至沒空吃東西就離開休息室。此時，一張採買字條留在咲太的手上。

字條寫著五名成員點的食物。炒麵、珍奶、章魚燒、巧克力香蕉、墨西哥夾餅。

是「致詞任務結束之前買這些東西回來」的指令。

就這樣，咲太依序走訪攤位，現在正在排隊買墨西哥夾餅，身旁是拿著炒麵的麻衣。

珍奶以及巧克力香蕉由一起前來的花楓和她朋友鹿野琴美幫忙買，兩人現在應該也在攤位大道的某處排隊。

「規模和高中的校慶完全不一樣耶。」

隔著壓低的鴨舌帽帽簷，麻衣好奇地張望四周。她今天是連帽上衣、丹寧褲加球鞋的輕便中性打扮。

這身打扮和平常在電視或雜誌上看慣的「櫻島麻衣」有落差，所以比想像的更少被人發現。

而且只以今天這一瞬間來說，校園內有許多拿著招牌的布偶人，攤位前面也滿是扮裝攬客的店員。

除此之外，吸引目光的人也多不可數。

在這種狀況，正常打扮的人不太會引人注意。

實際上，排在咲太與麻衣前面的是身穿柔道服的高大男性，顯眼程度大勝兩人。大概是在宣傳社團吧。

這名男性結帳之後移動到一旁。

「歡迎光臨。」

咲太他們向前一步，以笑容迎接兩人的是身穿護理服的女學生，設計風格和郁實在萬聖節穿的那套一樣。

這名攤位店員一看見咲太的臉就收起笑容，改為投以厭惡的視線。是上里沙希。

「請給我墨西哥夾餅。」

總之咲太毫不畏懼地點餐。

「是梓川同學。」

「啊，真的耶。」

沙希後方是先前在聯誼認識的千春與明日香，和沙希一樣扮成護理師，她們的雙眼看向咲太身旁的麻衣。

「先前聯誼的兩位，如妳們所知，這位是我女友。」

咲太只為雙方進行簡單的介紹。

「是……是本人耶～～」

千春驚訝得張大嘴。麻衣露出微笑向她點頭致意。

「欸，看到了嗎？她對我行禮耶。」

千春興奮地挽住明日香的手臂。

「是對我行禮啦。」

明日香這麼回應時，兩名男學生說著「來，久等了」從她身後遞出墨西哥夾餅。兩人都是熟悉的臉孔。在攤子後方準備墨西哥夾餅的是福山拓海與小谷良平。

「你們兩人沒扮裝嗎……」

「想看我穿護理服？」

「如果我帶著手機，應該會拍照吧。」

「明明沒帶就別說了。」

拓海一邊抱怨一邊在夾餅淋上莎莎醬收尾。

錢由咲太付，麻衣拿半袋墨西哥夾餅。這樣麻衣雙手就滿了。

咲太接過另外半袋時，攤子後方又出現一名護理師。

「妳這邊還好嗎？」
沙希搭話的對象也是咲太熟悉的臉孔。是郁實。
她察覺剛好在場的咲太，愧疚般移開視線。
咲太的視線反倒集中在郁實的右手臂，以三角巾掛在脖子上。難道這也是扮裝的一部分……
看起來不像。用繃帶固定手腕的右手能幫忙做的事情有限。
「郁實，妳來得正好。備用的莎莎醬在哪裡？」
明日香一邊接待客人一邊轉身詢問郁實。
「放在冰桶裡。」
「啊，郁實，美乃滋也有危機！」
大概是看到郁實才想到，千春也開口求助。
「我從後場拿來了。」
隨著「咚」的一聲，郁實將商業用的大包裝美乃滋放在調理區。
「高麗菜也快沒了。」
這次是拓海搭順風車要求。
「我已經請炒麵攤分給我們……」
郁實這麼說的時候，模擬店後方來了一名手拿兩顆高麗菜的女學生。她說「這是你們剛才要

的高麗菜」，分別給拓海與良平各一顆之後離開。

「還缺什麼嗎？」

「沒問題了。郁實妳待在跳蚤市場那裡就好。」

沙希代表所有人回應。

「來了兩個人，所以人手充足。」

似乎是在說前來幫忙的拓海與良平。

郁實聽完回應：「明明是臨時拜託的，謝謝妳。」鄭重道謝之後，依照沙希的吩咐走向跳蚤市場。

「赤城的手怎麼了？」

目送郁實離開的咲太詢問沙希。

「她說是在車站階梯想攙扶一時踩不穩的人。」

「什麼時候？」

「星期二……？」

如果是真的，那就是和咲太交談之後發生的事。那時候她的右手還安然無恙。

雖然想再問詳細一點，但沙希在接待下一位客人，現狀無法繼續聊下去。

咲太離開攤子前方以免礙事。

「咲太，你就去吧。」

離開林蔭步道時，麻衣對他說。

當然是「去郁實那裡」的意思。

「我幫你拿去休息室。」

「這樣是很令人感激，可是……」

咲太的視線自然移向自己的手。剛才買來要兩人一起吃的墨西哥夾餅還在手上。

「墨西哥夾餅怎麼辦？」

就這麼拿著去找郁實也太脫線了。

「那麼，來。」

麻衣「啊～～」地張開嘴，看來是要咲太餵她。

咲太毫不猶豫，將水餃大的墨西哥夾餅放進麻衣口中。

「嗯，好吃。」

麻衣一邊嚼一邊滿意地露出微笑。

「那麼，我去去就回來。」

咲太自行吃掉自己的份。

「嗯，好吃耶。」

咲太一邊品嚐墨西哥夾餅一邊去追郁實。

咲太在校內設置的跳蚤市場會場附近找到郁實。郁實離開享受校慶的人潮，獨自坐在樹蔭的長椅休息。

咲太從後方接近，坐在她身旁，隔著約一人份的空間。

「……」

郁實沒有明顯的反應，大概是料到咲太會來吧，以她的右手臂為由……

「受傷的人會鬧到發慌耶。」

郁實繼續看著跳蚤市場的模樣，自言自語般說了。

「這邊也跟我說不用幫忙。」

郁實打趣般淺淺一笑。

「叫傷患工作的話是大壞蛋，大家都不想被當成這種人。」

「原來大家不是在擔心我啊。真可惜。」

說完，她對咲太的話一笑置之。

「這樣比較輕鬆吧？」

「以做人的角度來看，這種想法我不以為然。」

雖然嘴上否定，然而只看郁實的表情似乎不是很反對。咲太注視著她的側臉，察覺到視線的她不自在地看向咲太。

「我拿萬聖節的照片給千春看，她就提議墨西哥夾餅店要穿這套衣服。」

郁實左手捏著圍裙。

「不過我和沙希都反對。」

「我想問的不是這套漂亮的衣服，是妳的手臂。」

剛才只是遠遠看見，不過近看郁實的右手臂也是掛在三角巾上，包好繃帶抑制手腕動作。

轉移話題失敗的郁實有點為難似的笑了，視線再度朝向跳蚤市場。

秋風穿過兩人中間，落葉翩翩飛舞。染成黃色的銀杏葉。郁實撿起一片葉子，再度開口。

「你是不是在想明明特地忠告過了，真是個笨女生？」

「那是慣用手吧？沒問題嗎？」

應該會有些不方便。

「不愧是虜獲櫻島麻衣芳心的人，說話就是不一樣。」

郁實露出苦笑，捏著葉柄轉動。

「明明特地忠告過了，沒想到赤城妳是個笨蛋耶。」

「沙希會幫我抄筆記，沒問題。雖然看起來很誇張，不過只是扭傷，一星期就會痊癒，而且

我身邊都是未來的護理師。」

郁實開玩笑般這麼說。

從剛才就一直有點雞同鴨講，彼此都故意錯開話題，因為不想將對話的主導權交給對方。

「聽說妳在車站階梯想扶一時踩不穩的人。」

「……」

郁實沒回答咲太這個直接的問題，只是把銀杏葉當成螺旋槳般轉著玩。

「梓川同學，國中的畢業文集，你記得自己寫了什麼嗎？」

才想說她這次終於開口，卻是唐突的問題。

「不記得。畢業紀念冊在搬家的時候扔了。」

收到之後從來沒打開過，整理房間時當成家庭垃圾拿出去扔了。如今應該在焚化爐燒成灰，沉眠在南本牧的廢棄物最終處分場，再過幾年或幾十年就會成為氣派海埔新生地的一部分吧。

「我記得。」

郁實的側臉看不出懷念往昔的情感。

「……」

「記得我自己寫的內容，也記得你寫的內容。」

這次她也維持剛才的表情平靜地這麼說。

「拜託一定要忘掉我寫的，反正也沒寫什麼像樣的東西吧。」

「沒那回事。」

「是嗎？」

「因為你寫過：『總有一天，想達到「溫柔」這個目標。』」

「……」

「怎麼樣？你已經達到了嗎？」

說出這句話的同時，郁實也以眼神強烈地詢問咲太。

「赤城妳呢？」

「……」

「妳有望成為國中時代內心描繪的理想的自己嗎？」

「你不笑我說那只是孩童時代的玩笑話啊。」

「現在當自己是大人還太早吧，畢竟還是學生。」

無論是咲太或郁實，都沒有好好回應對方說的每一句話，一直錯身而過，即使對話不斷交疊也始終牛頭不對馬嘴。

「我們已經是大學生了，不能一直當個孩子。」

「正義使者是大人在作的夢嗎？」

「小紅帽女孩受傷比較好嗎？」

「我認為妳沒受傷就好。」

「……」

郁實沉默下來，視線朝向自己的右手臂。

郁實這句話是對的。

咲太的說法也沒錯。

不過，兩人的意見背道而馳。

「今後我會好好小心。」

「不想收手是吧。」

「……」

對此，郁實沒有回答。不，她是以沉默回答。是什麼原因讓郁實這麼堅持？咲太還是搞不懂。有什麼非得這麼做的理由嗎？即使單純出自善意也應該有動機才對。

「你看那裡。」

郁實伸直左手，指向跳蚤市場的一角。

「我在志工團體教的國中生們在擺攤。」

沿著郁實雪白美麗的指尖，看得見大概是國中生的男女，兩男一女共三人在顧攤。

「都是去不了學校的孩子。」

三人不知道在聊什麼，一個男生在胡鬧，另一個男生在笑，女生對兩人發火。他們看起來很快樂，不像拒絕上學的孩子。不過，事情都是這樣，一個小小的契機就會將想上學的雙腳釘在地面。咲太明白這一點。

「攤位在賣他們一起烤的食物。你去看看吧。」

咲太抬頭一看，郁實已經站起來了。

「我要去一個地方。」

她留下這句話，朝林蔭步道的方向走去。咲太知道這個背影要去哪裡。

浮現在咲太腦海的是推文型社群網站的某則留言。

——我作了怪夢，時鐘樓前面有一個男生摔倒後大哭。那是校慶吧？金澤八景校區的，時間剛好是三點整，這是傳說中的「夢見」嗎？　#夢見

郁實也看了那則留言吧。

「如果妳要去時鐘樓，那妳去了也沒用。」

咲太朝著稍微走遠的郁實的背影說了。

「因為不會發生任何事。」

「……」

郁實停下腳步，依然看著前方。

「有男生摔倒大哭的那則留言是我亂寫的。」

「……」

郁實的背影沒做任何回應。

是在生氣？

是感到煩躁？

或許正火冒三丈。

也可能氣過頭而傻眼。

不過，轉身面向咲太的郁實沒有做出上述的任何反應。

「太好了，沒有男生大哭。」

她說著露出微笑。

「……」

這次輪到咲太說不出話。

因為以正義使者來說，郁實的反應過於理想……

沒因為受騙而生氣。

也沒有責備咲太。

就只是露出安心的表情。因為沒有任何事發生，也沒有任何人受傷。

完全出乎預料。

說穿了，咲太設下這個陷阱，期待能稍微理解她真正的想法，覺得或許能藉此得知她助人的原因。

為此他利用「＃夢見」引誘郁實。

但是結果如何？

完全看不透郁實真正的想法。

以正義使者來說，她的態度過於完美。

不過正因如此，咲太也感到不對勁。

至今必須過著什麼樣的人生才能無視自己上當，為沒人受傷感到安心？

「不可以再做這種事喔。」

她像在規勸孩子的惡作劇，以溫柔的語氣說了。

「畢竟已經是大學生了。」

「說得也是，畢竟已經是大學生了。」

咲太一邊反芻郁實這句話一邊思考到幾歲還能相信正義使者的存在。

就在這個時候。

咲太感受到的不對勁以出乎預料的形式出現……

「別學我說話啦。」

郁實覺得可笑似的笑了，身體突然彈了一下。

「！」

郁實像是側腹挨了一記，發出只有氣音的哀號。接著她咬緊嘴脣，當場蹲下。

「赤城？」

咲太走過去搭話，蹲在旁邊觀察郁實的臉，發現她的臉頰染成紅色，以沒受傷的左手臂緊抱自己，彷彿在抑制身體的顫抖。不斷重複的呼吸感覺隨著時間產生熱度。

「怎麼突然這樣？」

是某種疾病發作嗎？咲太剛開始這麼懷疑，但還來不及向郁實確認就發生了更奇怪的現象。

「抱歉。我沒事……」

郁實逞強微笑的瞬間，她戴的護理帽就像被某種東西打掉般飛上天空。

明明一點風都沒有。

輕盈飛舞。

郁實與咲太都沒碰帽子。

驚訝與疑問在腦中奔馳打轉，護理帽在咲太的視野當中無聲落地。

郁實固定頭髮與護理帽的髮夾也脫落，盤起的頭髮鬆開披下。接著，她的頭髮像是被某種東西碰觸般飄動，束起又解開，解開的頭髮又被看不見的力量束起。即使是因為風，也明顯動得很不自然……

這股看不見的力量從衣領縫隙鑽入，爬遍頸部，撫弄胸口，逐漸移動到下腹部。明明什麼都看不見，卻有某種東西令護理服出現皺褶。這股力量使得裙子下方的白色褲襪明顯脫線，接著開出拳頭大的圓洞。

「……」

說不出話。

咲太完全沒碰郁實，沒做任何事。

郁實也是。

但是有某種看不見的力量在運作。

「我真的沒事……」

明明是這種莫名其妙的狀況，隨著溼潤呼吸擠出這句話的郁實臉龐卻莫名嬌媚。

第二章

記憶領域的妳和我

1

咲太打開保健室的門，上里沙希板著臉來到走廊。

襲擊郁實的奇怪現象平息之後，咲太帶郁實來到保健室，郁實對此沒有抗拒。咲太剛才請沙希拿郁實的隨身物品與衣服過來。

「赤城呢？」

「校醫正在診療。」

「這樣啊。」

「……」

沙希的視線從咲太身上移開，看向保健室的門。除了咲太與沙希就沒有任何人的安靜走廊；寫著「保健室」的白色門牌。沙希現在也扮成護理師，所以咲太陷入人在醫院的錯覺。

「這身打扮給國見看過了嗎？」

默默等待會覺得喘不過氣，所以咲太這麼問沙希。

「還沒。」

沙希依然別開臉，以不滿的聲音回應。看來沙希不太想被人看見現在的模樣，從她的態度感覺到這種氣氛。

「那傢伙肯定會開心喔。兔女郎跟迷你裙聖誕女郎他都超愛，護理師應該也行。」

「你把佑真當成什麼人了？」

沙希轉過身來犀利一瞪。

「當成興趣相投的朋友。」

「……」

她的表情看起來愈來愈不滿。

「上里妳怎麼樣呢？」

「什麼怎麼樣？」

「你把朋友當成什麼人？」

咲太說著看向沙希背後的保健室。郁實的診察還在進行吧。

「怎麼突然這樣問？」

「赤城個性正經到有點令人擔心吧？因為想成為別人的助力而立志成為護理師，也積極參與志工活動。」

不只如此，還看「#夢見」的留言助人。

對於咲太這段話，沙希回應「是啊」微微點頭。

「經典的優等生。」

停頓一段時間後，她輕聲這麼說。

「是啊。」

這個譬喻確實巧妙。

「不過剛開始我以為都是一種裝扮。」

「裝扮？」

「有這種人吧？為了裝飾自己而去嘗試各種事情的人。像是加入某某團體，看見附近的名人就說自己認識，明天也要聚會所以很忙之類的……到頭來自己卻是空殼，為了掩飾而炫耀一堆事情，還會發名片的人。」

咲太忍不住苦笑，因為他幾天前才見過這種人。

「可是郁實不一樣，她不是為了賣弄，也不是為了炫耀而那麼做，是真的想成為別人的助力……有時候挺噁心的。」

直言不諱的這番話再度令咲太苦笑。還以為沙希是在稱讚她，最後卻語出驚人。

不過，沙希說得一針見血。

咲太也抱持類似的感想。

以正義使者來說，郁實的所做所為很完美。

是理想的優等生。

她的助人行徑也是低調不為人知，沒向任何人誇耀，看起來也不求任何回報。

這樣的她過於出色，反而恐怖。為人太好，甚至可以說令人發毛。

「郁實從國中時代就是那樣嗎？」

「我和赤城沒有熟到可以評論她這個人。」

「叫別人說這麼多，你自己卻這樣？」

沙希臉上寫著「開什麼玩笑」。

「我從以前就認為她是優等生。」

「然後？」

「就這樣。」

「啊？有夠沒用。」

「真抱歉啊。」

「我本來就不抱期待，所以沒差。」

「那就別問。」

沙希無視咲太說的話，看著手機。

「千春吵著要我回去，我要走了。」

「請自便。」

「郁實可以交給你嗎？」

「赤城如果需要妳幫忙，應該會自己聯絡吧。」

沙希現在會在這裡是因為郁實主動聯絡她。

「真正麻煩的事她不會拜託我，所以我才這麼問你。」

沙希很清楚郁實的性格，而且即使她嘴裡說「有時候挺噁心的」，還是感覺得到她以朋友身分在擔心郁實。之所以答應咲太的請求，或許是因為沙希自己察覺郁實怪怪的。佑真大概是將沙希這一面清楚地看在眼裡吧。

咲太思考這種事並目送沙希離開之後，保健室的門再度打開。穿白袍的校醫來到走廊，年齡四十五歲左右。

「我出去一下。」

校醫只說了這句話，然後有點慌張地消失在走廊另一頭。大概是哪裡有人受傷了吧。現在是校慶期間，出現幾個玩過頭而受傷的學生也沒什麼好奇怪的。

留下來的咲太輕敲半開的門。

「赤城，我可以進去嗎？」

「嗯。」

咲太等待回應之後進入保健室。

像醫院診察室的房間，深處排著休息用的病床並以簾幕隔開。相較於國中或高中的保健室，設備相當正式，要是矇著眼睛被送到這裡，或許會以為是一般醫院。

這樣的保健室裡只有咲太與郁實兩人。

郁實坐在深處的病床邊。剛才像是發作的症狀好像已經好了，她將手繞到背後的拉鍊。不過大概是扭傷的右手不靈活，遲遲無法拉下拉鍊。

「要幫忙嗎？」

「……」

警戒的眼神在一瞬間刺向咲太。

「我也可以去叫上里回來。」

「……知道了。拜託你。」

看來正如沙希的推測，郁實不想拜託沙希麻煩事。

郁實用左手束起頭髮抬高，朝咲太露出後頸。雪白潔淨的頸子，透過柔肌可見綠色血管。

低下頭的郁實臉頰微微泛紅，耳朵也染上淡淡的粉紅色。雖然看起來面不改色，實際上還是會害羞的樣子。既然這樣還是早點完事比較好。

「我要拉了。」

咲太抓住拉鍊，一口氣往下拉到背部正中央。底下是單邊肩帶滑落的小可愛，光滑的白色布料若隱若現。

看起來今年完全沒曬到太陽的肌膚，咲太發現有一種像是發癢搔抓的痕跡。五條線從右肩胛骨延伸到腋下，剛好像手指抓過的樣子。大概是那股無形的力量留下的痕跡吧。

「謝謝。」

郁實將抓住的頭髮放開，遮掩背部。

「還要幫妳什麼嗎？」

「之後的事我會找沙希來幫我。」

郁實說完抓住簾幕，像要趕走咲太般迅速拉上。

「我要換衣服……不要過來。」

「那我就出去嘍？」

「你有事想問我吧？」

說話聲混入衣物的摩擦聲，隔著簾幕傳來。

她說可以留在室內，正合咲太的意。

「剛才那個不是病吧？」

乍看像是某種症狀發作。
「醫生說我很健康。」
「不然那是什麼？」
「你已經知道了吧？」
簾幕另一側的郁實身影暫時靜止。
「我心裡有底。」
「原來是想聽我親口說啊。」
「我只是想知道妳的想法。」
「真的很壞心眼。」
即使說得像是放棄抵抗，郁實也沒說出「思春期症候群」。
「那種事……偶爾會發生。」
「但我不是很清楚妳身上發生的事。」
剛開始看起來像是身體不適，也像單純運動流汗的狀況，或是熱到發昏……
不過，如今咲太在意的是後續發生什麼事。
「該怎麼說，感覺像是某人在摸我……」
咲太不經意想起剛才看見的背部痕跡，確實像是某人的手指留下的痕跡。

「很像小時候看的靈異節目吧？記得叫作騷靈現象？明明沒任何人，東西卻會自己動。」

郁實開玩笑般這麼說，但是咲太笑不太出來。剛才他目睹的正是靈異現象。

因為明明沒風，護理帽卻飛走，看不見的某種東西在郁實的衣服底下到處爬，最後褲襪還自己脫線破洞……

簾幕打開之後，換上便服的郁實露面。脫下的護理服整齊地摺好放在床上，褲襪當然依舊有破洞。

「並不會難受、疼痛或是撐不住。」

她的眼神對咲太說「不用擔心」。

「右手的傷應該不是發作造成的吧？」

郁實的視線落在扭傷的右手臂上。在幫助別人的時候發作，犯下平常不會犯的過失。咲太可以像這樣想像當時的狀況。

「真有想像力。」

郁實為難似的微笑低下頭的側臉承認了咲太的猜測。

「你不用在意，我知道怎麼治療。」

「真的嗎？」

「我看起來像會騙人？」

「感覺妳好像有很多祕密。」

「這我不否認。」

郁實沒說謊，像要證明自己所說的話。

「明明知道解決方法，卻還沒解決。也就是說這個方法不簡單吧？」

所以郁實的思春期症候群持續到現在。

換句話說，很難說她不要緊。

「是啊。要忘記梓川同學並不簡單。」

「……」

這句話對咲太來說過於突然，而且出乎預料。

「真的不簡單。」

郁實又說了一次，看向咲太。

視線自然地相對。看來她不是在捉弄咲太。

「你以為自己是局外人？」

「為什麼是我？」

對郁實來說，咲太是原因。咲太不知道為什麼。

「你果然不記得那天的事。」

「……」

「剛才那句話是在故弄玄虛。覺得我很煩嗎？」

郁實喉嚨發出笑聲自嘲。

「赤城，我和妳只是在國中同班吧？」

「嗯，是的，只有這樣。」

和話語相反，郁實的語氣沒有傳達肯定或否定之意。

「我們沒任何交集。」

「既然這樣，為什麼是我？」

咲太重複同一個問題。

「為什麼呢？」

這次郁實也沒回答。她真的有好多祕密。

「欸，梓川同學。」

「……？」

「要不要來一場比賽？」

「我原則上不參加沒勝算的比賽。」

郁實無視咲太的回應，繼續說下去。

「比比看是我先忘記你，還是你先想起那天的事。」

「這對我有什麼好處？」

「如果你想起那件事，肯定能治好我的思春期症候群。」

郁實此時第一次說出這個詞。

「只要這麼說，我就無法拒絕……妳臉上是這麼寫的。」

「不是嗎？」

「比賽之前，有件事我要先說。」

「什麼事？」

「我算是很擅長回想往事的人喔。」

咲太過去二度回想起遺忘已久的重要的事情。

麻衣的事。

翔子的事。

「你願意提起幹勁真是太好了。」

「如果提供額外的獎賞，我會更有幹勁。」

「你贏得這場比賽之後，我應該就不必再依賴『#夢見』了。」

「這是什麼道理？意思是妳之所以看『#夢見』幫助別人，是為了把我忘記，治好思春期症

候群嗎？」

郁實靜靜點頭。

「所以無論你對我說什麼，我都不會停手。」

看得見郁實的眼睛深處有深沉的光，隱含某種堅定的決心以及類似悲壯感的某種心境。郁實對這個狀況有什麼想法？咲太不知道。

「如果這場比賽是妳贏了，我要怎麼做？」

「不必做任何事。到時候我會忘記你，所以請你再也不要介入我的人生。」

郁實看著咲太笑了。咲太也不知道她露出這張溫柔微笑的理由。說真的，郁實在想什麼？在思考什麼？

「從現在開始喔。預備～～起。」

這是咲太至今的人生當中氣氛最不熱烈的開賽信號。

2

「得回去跳蚤市場才行。」

以郁實這句話為開端，咲太和她離開保健室。

默默行經走廊，走出保健室所在的第一大樓。直到剛才的寧靜彷彿假象，校慶聚集的眾人氣息乘風飄來。

「再見。」

「嗯。」

簡短道別之後，郁實走向跳蚤市場。咲太停下腳步目送她離開。

郁實腳步穩健，沒有突然蹲下，也沒遭遇騷靈現象。

相隔約十公尺的時候，咲太發現某個熟面孔和郁實擦身而過。

是琴美。

經過郁實身旁時，琴美一度在意她，反應就像是發現許久不見的朋友。不過琴美還是沒停下腳步，小跑步來到咲太身旁。

「幸好找到了。」

看來是在找咲太。和麻衣分開到現在超過一小時，麻衣、花楓與琴美三人大概是分頭在校園裡到處找他，琴美額頭浮現和涼爽秋天不搭的汗珠。

「鹿野小妹，抱歉也連累到妳了。」

「不會的。」

清楚回應的琴美略顯猶豫，在意著身後。攤位櫛比鱗次延伸到林蔭步道的這幅景色之中，已經看不見郁實的身影。

「剛才那位是……郁實學姊吧？」

琴美輕聲脫口而出的是直到剛才都和咲太在一起的女性名字。

「鹿野小妹，原來妳認識啊。」

雖然差兩屆，琴美也就讀同一所國中，所以她認識郁實並不奇怪。

「因為我高中也和她同校……」

琴美就讀的公立升學學校位於咲太直到國中所居住的地區。男生制服是常見的黑色立領款式，不過女生制服是那附近少見的灰色西裝款式，周邊居民一看就知道是「那裡的學生」。

「雖然時間不長，不過在籌備運動會的時候備受她的照顧，所以……」

追尋郁實殘影的琴美眼神似乎有點落寞，大概是沒被郁實認出來而受到打擊吧。

「她沒想過妳居然會在這裡。」

除非知道對方就在那裡而架設天線偵測，否則意外地難以察覺。看麻衣平常走在街上沒人認出她就可以明白這一點。

「……大哥和郁實學姊交情很好嗎？」

視線移回咲太這裡的琴美臉上明顯看得出困惑之色。只要知道以霸凌花楓為開端的一連串騷動，任何人都會露出這種表情。

咲太不想回憶國中時代的事……大家應該都這麼認為。

而且這個認知不算錯誤，可以說是對的。

「我國中時幾乎沒和她說過話，並不是因為交情不好。現在也是，總之大概是『我們國中同班對吧』的關係？」

咲太難以正確測量郁實和他之間的距離。咲太的立場模糊，郁實的定位也不確定。國中同校，大學也同校。目前除此之外找不到更多形容的方式。

不過，既然受邀進行這場奇怪的比賽，兩人之間就確實存在著咲太忘記的某些事。認識郁實的琴美可說是咲太回想這段往事的意外助力。

「赤城她在高中給人什麼感覺？」

「就算這麼問……啊，我先聯絡楓兒說我找到大哥喔。」

琴美取出手機熟練地傳送訊息。她詢問：「這裡是哪裡？」咲太回答：「第一大樓前面。」

接著琴美也互傳了幾則簡訊，然後蓋上手機保護蓋。

「剛才提到郁實學姊對吧？」

「嗯。」

「直到我入學的春天，她都在高中擔任學生會長。記得當時在體育館聽她對新生致詞，覺得

三年級真的是成熟的大人了。」

得知郁實當過學生會長，咲太也沒有太驚訝。郁實應該能勝任這份工作，可以想像她站在體育館的舞台上面對新生淡然致詞的模樣。

「但應該只是三年級的學長姊……應該說郁實學姊比較穩重罷了。」

「我想也是。」

變成大學生後回顧當時，就格外覺得當時還只是個孩子。

「郁實學姊也非常積極參與地區的志工活動。」

「原來她從以前就這樣啊。」

「咦？」

「現在也是，聽說她自己成立志工團體，為拒絕上學的兒童輔導課業。」

「很像郁實學姊的個性。像這種等待有心人來做的事情，她總是會率先去做……所以受到同學們的依賴，大家都說她好厲害。」

「好厲害……」

琴美並非不經大腦使用這個詞。聲音聽起來有點欲言又止，因為語氣同時隱含了「就某方面來說很厲害」的意思。

「不過，赤城的高中生活過得很充實吧。」

在學校擔任學生會長活動。既然在籌備運動會時很照顧琴美，她應該也很積極參加各項例行節目吧。

在校外透過志工活動和各式各樣的人交流，肯定累積了只能在社會獲得的經驗。

至於學業這方面，既然就讀這所大學就應該不差。看她選擇護理系，自然可以認定她確實考上了第一志願吧。

然而聽到咲太說出「充實」兩個字，琴美露出有點為難的表情。

「我說錯了嗎？」

「沒說錯，可是……」

「可是？」

「大概從去年的這個時候，訓導老師經常叫學姊過去報到。」

突然冒出和郁實形象相差甚遠的兩個字。

訓導。

赤城郁實這個人應該和這種字眼無緣，應該說比任何人都遠離這種字眼才對。

「為什麼會接受訓導？」

「接下來的部分是傳聞……可以嗎？」

「沒問題，我當成傳聞聽聽看。」

「學姊好像有一位年長的男友，平常是從那個人的住處上學，完全沒回家。」

「如果這是真的，那她的高中生活不只充實，而是一等一了。」

「是……這樣嗎？」

個性正經的琴美面有難色。

「因為她擔任學生會長，位於學校各種活動的核心，從事志工活動幫助別人，考試考得很順利，有個心愛的男友，還被老師叫去報到，她這樣算是達成青春時代的所有成就了。」

充實得不輸電影或連續劇。

只是說來可惜，咲太覺得交男友這部分只是空穴來風。證據是郁實在保健室的反應。看她和異性相處的習慣程度，不像是已經住進男友家的人。

真相大概是基於某些原因不想回家，借住在同性朋友家之類的吧。這種解釋比較貼切。

「啊，楓兒來了。」

琴美朝林蔭步道揮手的方向看得見花楓與麻衣的身影。

「小美，謝謝妳。哥哥，不可以閒晃到失蹤啦。」

花楓鼓起臉頰，要求咲太別造成大家的困擾。

「我並不是在閒晃。」

咲太有各種隱情，卻完全不能向花楓透露，所以被她抱怨也在所難免。

還在碎碎唸的花楓說想再逛一下校慶，帶著琴美離開了。
只留下麻衣與咲太兩人。
「太好了，花楓看起來很開心。」
「那傢伙是月月的粉絲，我擔心她會不會說想報考這裡。」
花楓現在是高中二年級，差不多該認真考慮將來畢業的出路了。
「到時候你會教她功課吧？」
「所以我才在擔心啊。」
咲太在補習班兼職當講師，但是他的學生都是一年級。可以的話他今後也不想負責教考生，他無法背負這麼重的責任。
「不提這個……見過赤城同學了嗎？」
麻衣的視線留有疑問，將手上的珍珠奶茶吸管含在嘴裡。
「見過了。」
「怎麼樣？」
麻衣一邊享受珍珠的口感一邊示意「要喝嗎？」將杯子遞到咲太嘴邊。含著吸管一吸，口感Q彈的珍珠隨著微甜的奶茶竄入口中。
「我愈來愈搞不懂赤城了。」

咲太的牙齒與舌頭追著珍珠，老實地將心情寫在臉上。

「這就傷腦筋了。」

麻衣又吸了一口珍珠。

「是啊，傷腦筋。」

兩人的對話沒有緊張感，大概是珍珠的口感使然。

3

隔天，咲太醒來已經日正當中。

時間是十一點五十分。

第一堂課早就結束，第二堂課也即將結束。現在趕快做好準備出門，大概趕得上第三堂課。

但是咲太不慌不忙，打個呵欠後再度閉上眼睛。

今天是校慶的善後日，大學停課一天，對咲太來說等於放假。

暫時享受半夢半醒的感覺之後起床。

客廳桌上留有花楓寫了「我去打工」的字條。能在平日中午出門打工，是就讀函授制高中才做得到的事。念書與打工的時間可以由自己決定，花楓享受著這種自由。

咲太獨自吃完像早餐的午餐，開電視播放午間的資訊節目並打掃屋內，將洗好的衣物晾在陽台。

秋天乾燥的空氣徹底帶走衣物的水氣。

傍晚收好衣物之後，時鐘指針即將來到下午五點。

「差不多要回來了吧。」

咲太拿起話筒，撥打倒背如流的十一位數號碼。

鈴響三聲。

『幹嘛？』

理央以缺乏興致的聲音接起電話。

「妳在哪裡？」

『剛回到藤澤。』

「距離補習班打工還有時間吧？」

記得打工是七點開始。

『我在那之前要去書店一趟，很忙。』

「那妳在書店等我，我現在過去。」

『我事情辦完就走喔。』

咲太假裝沒聽到，掛掉電話。

進入藤澤站北門的家電量販店搭電扶梯上樓，景色在七樓突然改變。

看向兩側都並排著書櫃，籠罩著圖書館般的沉穩氣氛。這應該是周邊最大規模的書店，理央經常光顧。

理央說要去書店，咲太認為一定是這裡，但是在排列物理專業書籍的區域沒看見她。

「難道她真的回去了……？」

咲太懷抱不安，在店內找了一遍，最後在大學測驗參考書那一區發現理央。

理央拿在手上翻閱內容的書是她所就讀的理工國立大學的考古題庫。

「妳還想報考？」

咲太如此搭話並走到她身旁。

「是補習班的學生想考。」

理央闔上題庫放回書櫃，大概是這本書她看不上眼。

「妳說的學生難道是……」

「上次你問名字的國見的學弟。」

「加西虎之介嗎？」

「真稀奇，你居然記得住。」

「是啊，畢竟這名字很好記。」

「……」

理央的無言視線察覺咲太隱瞞了某些事，但她沒刻意追問，認為反正一定是無聊的事。

「妳問過他報考的理由嗎？」

「他說沒什麼理由。」

「是喔……」

「不提這個，你有什麼事？」

咲太個人想多聊一下虎之介，但要是問得更深入，理央還是會起疑。一旦不小心爆料，也會對不起笨拙地掩飾到現在的虎之介。

所以咲太決定解決原本來這裡的目的。

「就是啊——」

咲太說明昨天在郁實身上發生的神奇現象。

「這是不是透明人幹的好事？」

理央若無其事地回應。

「畢竟也剛好有一個透明人。」

咲太遇見的迷你裙聖誕女郎。確實，現在的她就像是透明人。

「當時霧島透子不在現場。」

至少咲太沒看見。在伸手可及的範圍內只有咲太與郁實自己，即使如此，卻有某種力量作用在郁實身上。

「關於這件事，她怎麼說？」

「她笑著說大概是騷靈現象。」

「真是老神在在。」

「身體出現異狀，花楓的案例應該是最接近的吧？」

同學無心說出的話語之刃真的傷害花楓的肌膚，自己內心的痛楚化為慘不忍睹的瘀青出現在全身。

「可是她身上沒這種痕跡吧？」

「她的背上……從肩胛骨到腋下，有幾道像是發癢搔抓的痕跡。」

「……你親眼看見了？」

理央聲音變低。

「幫她換衣服的時候看見的。」

「……」

「我只是幫忙拉她背後的拉鍊。」

「你敢對櫻島學姊這麼說嗎？」

「可以請妳保密嗎？」

「……」

真希望她這時候別沉默。

「總之以赤城的狀況，沒有那種慘不忍睹的感覺，她自己也說不會痛或是不舒服。」

咲太認為她沒說謊。所以即使和花楓的案例類似，也不能說是相近的思春期症候群吧。

「只聽你剛才的說明，沒辦法做出什麼像樣的推測。模糊不明的事情太多了。」

「既然妳不知道，我就束手無策了。」

「而且你看起來也還不清楚她的事。」

「是啊……」

其實這正是咲太「不知道」的原因。咲太不熟悉赤城郁實這個人，無從深入思考思春期症候群的真相。到底是郁實的哪種情感引發不可思議的現象？這依然是未解之謎。

「只不過，如果她沒說謊，那我唯獨可以斷言一件事。」

「喔，不愧是雙葉。是哪件事？」
咲太拍完馬屁，理央以暗藏玄機的視線看過來。
「這一點都不像你。原來你沒察覺啊。」
「察覺什麼？」
「她應該喜歡你吧，喜歡到想忘記你。」
「……我和赤城完全沒怎樣啊。」
至少咲太是這麼認知的。
「聽說在這個世界上，也有女生只因為一個巧克力螺旋麵包就死心塌地喔。」
「……從妳口中說出來真有說服力。」
如果是因為這種小事，那咲太搞不好忘了。
只不過，咲太希望雙葉別拿他和佑真那種陽光帥哥相提並論。
「在她身上的幽靈襲擊你之前，你趕快想起來吧。」
對親眼目睹過騷靈現象的咲太來說，理央這句冷淡的話聽起來完全不像在開玩笑。
理央說還要看看其他參考書，留在書櫃前方，咲太獨自搭電扶梯下樓，從書店所在的家電量販店二樓出去，來到站前的立體步道。

現在是學生與社會人士返家的時刻，車站北門湧出趕路回家的人潮。

咲太逆流前進，來到和自家反方向的階梯走下步道。接下來要到連鎖餐廳打工。

走在補習班、藥妝店與咖啡廳等店家並列的商店街不久，就看見打工地點的黃色招牌。

咲太認識的人走出店門口。

對方也發現咲太，在連鎖餐廳旁邊停下腳步。體型福泰的女性，年齡四十多歲。是曾經很照顧花楓的輔導老師友部美和子。

「咲太，好久不見。總覺得你看起來變成熟了。」

「是嗎？」

咲太每天看自己的臉，所以沒有自覺。不過既然半年多不見的美和子這麼說，或許咲太稍微有所成長了吧。

「您是來看花楓的吧。」

花楓國中畢業後，美和子依然經常聯絡，自從花楓開始打工，她也像這樣會過來連鎖餐廳。

「經過附近就順便來看看。」

「謝謝您。」

「每次看見花楓，我也會從她身上分到活力。看她甚至一個人出來打工，好像很快樂……我真的感到開心。」

「多虧友部小姐幫了這麼多的忙。」

「多虧花楓一直很努力，也多虧有你的扶持。」

「那就當成多虧這一切吧。」

這種對話像是在相互稱讚，令人不好意思。

「大學怎麼樣？」

「每天都過得很平凡。」

「這樣啊，那太好了。」

隨著這句安心的話語，美和子表情變柔和。但是沒過多久，美和子的嘴巴就張成「啊」的形狀，大概是看見咲太的臉而想起某些事吧。她並沒有立刻說什麼，看著咲太的雙眼掠過有些猶豫的情感。

「怎麼了？」

咲太猜不到相隔半年見面的美和子會說出什麼話題，所以乖乖等她說下去。

「你在大學見過赤城郁實嗎？」

她以有點嚴肅的語氣這麼說。

「……啊？」

咲太愣住了，因為他沒想到會在這裡聽到這個名字。剛才美和子真的說了「赤城郁實」？話題的進展意外得令他如此懷疑。

「友部小姐妳為什麼會問赤城的事？」

「我從上個月開始會稍微過去她成立的志工團體幫忙。」

不是學業方面，當然是心理輔導方面……美和子如此補充。

「啊，原來如此。」

這是可以接受的答案。聽說郁實進行的志工活動主要是為拒絕上學的兒童輔導課業，要是美和子這位輔導老師加入，肯定是強大的靠山。

「第一次面談的時候，我聽她提到自己出身的國中……」

「所以連結到我這裡吧？」

「嗯。」

美和子點點頭，視線筆直朝向咲太的雙眼。她是在擔心。國中時代因為花楓遭受霸凌，咲太在班上被同學如何對待……美和子大概都知情。

咲太不可能樂見和當時的同班同學重逢，這是簡單的聯想遊戲。

「所以……有沒有什麼異狀？」

「沒有。」

其實有。郁實會看「#夢見」扮演正義使者，還出現類似騷靈現象的思春期症候群。

不過，美和子口中的「異狀」是針對咲太問的。她在關心咲太是否因為往事而壞了心情。

「在友部小姐眼中，赤城會對我說出過分的話嗎？」

「不會。」

美和子斷然否定。

「雖然沒有認識很久，但她是個性非常正經，正義感很強烈的孩子對吧？」

「我是這麼認為的。」

這方面的印象和咲太一致，也和沙希一致。認識赤城郁實的所有人幾乎都會這麼覺得吧。

「或許有人會因為這種正義感而傷害別人……不過她會好好顧及旁人的感受。」

「是啊。」

確實有人會擅自高舉正義的旗幟，基於單方面的價值觀批判他人的行徑。但是咲太也認為郁實不會那麼做，理由正如美和子所說，郁實會顧及旁人的感受。

「可是她這樣不累嗎？」

「意思是大家把她當成個性正經，正義感強烈的人嗎？」

「她應該有確實察覺到大家是這麼看待她的吧？」

借用美和子的說法，這也是因為有好好顧及旁人的感受。

對於周圍的視線，郁實是怎麼感覺的？

或許她是試著主動配合周圍的看法。
「回應他人期待」的行為要是過當，也會成為內心的重擔。就像是在高中時代被拿來和麻衣比較，拚命想回應母親期待而苦不堪言的和香。
這可以解釋為思春期症候群的成因嗎？
「是因為赤城個性正經，大家才說她很正經嗎？還是因為大家說她正經，她的個性才變得正經？我是不知道先後順序……不過以赤城的狀況，她會回應周圍的這種印象，看起來也像是覺得自己這麼做很值得。」
確實，每當受到依賴、被人請求……如果能回應這種期待，在一天結束之後或許只會留下舒暢的成就感，成為明天的原動力，第二天也能積極挑戰。可以繼續成為個性正經，正義感強烈的自己。
不過，郁實肯定也覺得這對內心造成了沉重的負擔，因為她出現了名為騷靈現象的思春期症候群……
「如果赤城有煩惱，您覺得會是什麼事？」
「她怎麼了嗎？」
聽到咲太唐突地這麼問，美和子露出疑惑的表情。
「赤城的朋友對我說，她最近感覺有點奇怪。」

咲太不能說實話，腦海浮現沙希那張不悅的臉，並且光明正大地說謊。

「可能性最高的是……她喜歡上了某人？」

「還有別的嗎？」

美和子有點開心地語尾上揚。雖然對她不好意思，但是咲太剛剛才聽理央提到這個可能性，所以對此敬謝不敏。

「除此之外，我想想……」

美和子欲言又止，看著咲太的雙眼因為遲疑而晃動。

「我怎麼了嗎？」

「或許是不想見到你吧。」

「……」

「對赤城來說，當時沒能拯救你應該是她內心最大的挫折。」

「我可沒向赤城求助喔。」

關於花楓身上出現的思春期症候群，咲太曾經訴苦希望班上同學相信。但他並不是對郁實一個人這麼說，沒有直接對女生說些什麼。

不過，咲太發現內心某處的自己接受美和子的說法。

以郁實的正義感來說，她或許感受到責任。

因為郁實的正義不容許有人受傷。

而且這也構成郁實想忘記咲太的理由。

恐怕不是真的想從記憶裡刪除。說起來，這種事不可能做得到，反倒是愈想忘記的事情愈無法忘記。人類就是被打造成這樣的生物。

郁實所說「忘記」的意思，或許是跨越那段想刪除的往事或是將其改變為回憶吧。

也就是國中三年級的那個事件。

如今身上出現思春期症候群的她應該知道咲太當時訴說的事情是真的，理解到什麼才是正確的。然而事到如今無法改變過去。

那個時候，班上同學都否定咲太，拒絕咲太。「梓川很糟糕」這種壞話，暗地裡不知道聽過多少次。

郁實已經察覺這是錯的。那她現在內心在想什麼？

在責備犯下過錯的自己嗎？責備到想忘記咲太的程度……

「咲太，你要打工吧？時間還可以嗎？」

美和子拿出手機確認時間。

「我有提早過來，沒問題。」

「這樣啊，太好了。」

「那個，友部小姐。」

「嗯？」

「我想拜託一件事。」

「什麼事？」

「方便的話，您下次去當志工的時候可以帶我去嗎？」

想也想不透的事情只能直接詢問本人。

4

「郁實老師再見～～」

「路上小心喔。」

郁實來到走廊上，對回家的三名學生揮手。兩男一女，是之前在校慶的跳蚤市場擺攤的國中生。目送他們的郁實右手已經沒包繃帶，也沒以三角巾掛著。看來如她本人所說，在這一週完全康復了。

看不見學生們的身影之後，郁實「唉～～」地嘆了一口長氣，像是要讓咲太聽到……

無須特地向郁實確認就知道，她是故意嘆氣的。

在連鎖餐廳前面遇見美和子的當週週末，十一月十二日，星期六。

咲太與郁實位於兩人就讀的金澤八景某大學校區。穿過正門之後，在右邊深處可見的玻璃外牆建築物。這是數年前完工，提供給地區交流的設施，叫八號館。

咲太聽說過大學設施會開放給志工團體或校外社團，不過今天是第一次目睹。

「抱歉我瞞著妳讓咲太過來。」

郁實從走廊回到教室之後，美和子向她道歉。美和子只跟她說有人想觀摩志工活動，沒說這個人是咲太。

「不，友部小姐並沒有錯。」

郁實暗示是咲太的錯，不過咲太假裝沒察覺。只要沒察覺就等於不存在。

「是嗎？那麼，之後交給你們兩人沒問題嗎？」

美和子來回看向郁實與咲太，同時揹起包包。她說過接下來有其他行程。

「沒問題。今天謝謝您。」

「下週見。」

美和子將手舉到胸口高度輕揮道別，離開教室。腳步聲一步步遠離，最後再也聽不見。

教室只留下咲太與郁實的沉默。

「……」

「……」

郁實保持沉默，擦掉白板上寫的算式。因數分解的基礎問題。

咲太來到她身旁，也幫忙一起擦。

「赤城，妳在生氣嗎？」

雖然沒寫在臉上，不過剛才的嘆息明顯是在責備咲太。

「我們正在比賽吧？」

郁實以一如往常的音調問。

「是啊。」

「比賽內容是什麼來著？」

「妳先忘記我，還是我先想起妳。」

「要是你在我身旁晃來晃去，我想忘也忘不了。」

「比賽的世界很嚴苛的。」

「我沒想到你是堅持求勝的人。」

稍微加重語氣的郁實擦掉最後的算式。這段期間，她沒有看過咲太一眼。真是笨拙的生氣方式。

「我說過我原則上不參加沒勝算的比賽吧？」

「你明明不是當真這麼說的。」

郁實一邊說一邊回收黑色、紅色、藍色的白板筆，一起放進盒子。接著她不經意看向時鐘，雙眼隨即像在說「糟了」般微微晃動。

咲太也自然抬頭看向教室的時鐘。

下午三點四十分。

往下移回視線時，終於和郁實四目相對。

「赤城，妳接下來還有別的事嗎？」

「梓川同學，你真是敏銳。」

「正義使者果然很忙。」

「可以別提這件事嗎？」

「因為反正也不會有交集？」

「對。」

郁實為難似的一笑，肯定咲太這句話。

「要去橫須賀保護迷路的小女孩？還是阻止平交道事故？記得還有腳踏車被偷吧。」

「……你查過啊。」

郁實露出不自在的表情笑了。

「妳該不會打算全都去吧？」

寫在推文型社群網站的三則留言，夢境的時間都不一樣，所以如果現在依序處理並不會趕不上。

「沒時間了，我該走了。」

郁實沒繼續回答咲太的問題，轉過身準備離開教室。

「還要再拯救多少人，妳的後悔才會消失？」

咲太不以為意，朝著郁實的背影發問。

「……」

郁實在教室門口停下腳步。

「……你想起什麼了嗎？」

她頭也不回地這麼問。

「國中時代沒能對我伸出援手，我想妳直到現在或許都放不下這件事。」

一切都是來自美和子的現學現賣。毫無確切的證據，不過這段話足以令郁實轉身。

「我……！」

郁實猛然轉向咲太，雙眼筆直注視，帶刺的情感插向咲太。然而她的雙眼不安地晃動，看起來像是隨時會落淚。

咲太不知道郁實在想什麼，能夠確認的只有一件事。這一瞬間的郁實，是咲太至今所見最情緒化的郁實……

只不過，從冷靜面具底下露出的這張表情立刻被另一種情緒塗抹替換。

郁實繼續說下去之前，背脊突然顫抖……接著她雙手捂住嘴，當場蹲下。

「赤城……？該不會……」

咲太腦中浮現校慶時的光景。

騷靈現象。

幾乎在咲太跑到郁實身旁的同時，筆直垂下的郁實頭髮被看不見的力量束起，扭轉一圈之後髮尾向上盤起，像是洗澡時的髮型……

咲太與郁實都沒碰頭髮，而且沒有髮夾卻穩穩固定住。

「又是從這個時間……」

郁實的雙手從嘴邊放下，捏住大腿一帶，看起來隱約透露出厭惡情緒。她到底在對誰說話？

咲太察覺某種像是蛇的物體在郁實的衣服內側遊走。從頸部往下，沿著肩膀……鑽進袖子。

明明沒有任何人，蠕動的衣服皺褶在咲太眼中卻是這種感覺。

門窗都開著，但是沒有風。咲太與郁實都沒碰袖子。明明什麼都沒有，卻像是有某種東西起

伏擺動。

「……」

像這樣重新目睹騷靈現象，咲太內心情緒躁動，不知道該對郁實說什麼。

身體也動不了，只被這個不可思議的現象奪走視線。驚訝過度，內心被略感寒意的情感控制。面對不明事物的純粹恐懼攪亂大腦，就只是覺得毛骨悚然。

即使如此，咲太還是反射性地伸出右手。

就像要捕捉看不見的蛇，穩穩抓住郁實蠢動的左手腕。

「！」

然而從手心傳給咲太的只有郁實的驚慌，以及手腕的纖細觸感。

「赤城，抱歉。」

咲太知會之後不等回應就捲起郁實的襯衫衣袖，一口氣捲到手肘。

果然什麼都沒有，並沒有蛇在那裡。

「……？」

但是咲太依然同時感到驚訝與疑問，因為他在郁實的左手臂上看見意外的東西……

不知為何，雪白的肌膚上以奇異筆寫了幾行字。

——那邊沒事吧？

——抱歉害妳扭傷。

——要小心他。

——一切都順利進行。

像是在用智慧型手機和某人聯絡的數則訊息。

「這是……」

咲太要求郁實回答。

「放開我……」

她輕聲回應。

咲太的手繼續抓著郁實的手腕。

他輕輕鬆開手。

寫在手臂上的文字隨即像被沖水一般逐漸暈開……從手肘到手腕漸漸消失。

郁實放下袖子，被咲太抓得有些發紅的手腕也看不見了。

「剛才那個也是騷靈現象造成的？」

顯然不像是小學生把明天要帶的東西寫在手上。

「只要和梓川同學扯上關係，總是沒好事。」

「看來原因真的是我。」

上次的騷靈現象也是在咲太面前發生。因為咲太擾亂郁實的心，造成過度的壓力。這種方程式是成立的。

「上次也說過，我知道治療方法。」

別管我——郁實的情感如此訴說。

「難道妳也早就知道騷靈現象的真面目？」

「……」

郁實沒回答。不過她沒回答就是答案。

「所以妳才敢說自己沒事。」

一直維持這種毛骨悚然的狀態，正常來說都會失去理智。

郁實之所以能心平氣和，是因為她知道真相，而且這大概不是會危害她的存在。既然會使用話語，那麼肯定是人類。

對方是什麼人？

「是誰？」

「……」

即使詢問，郁實也沒回答。

咲太覺得正在慢慢接近真相。

「要是我說出來，比賽就不成立了。」

不過冷靜思考的話，也覺得絲毫沒有前進。

到頭來，咲太還沒看透郁實的本質。她在想什麼？在思考什麼……咲太無法捉摸赤城郁實這個人。

無論從哪個角度進攻，也總是被包覆郁實的堅固城牆擋住，無法跨越雷池一步。

現狀咲太只是沿著城牆繞圈眺望郁實居住的城堡，甚至不確定她是否真的住在裡面。

結果咲太今天也沒獲得任何成果，只能就此撤退。感覺除非有援軍前來，否則束手無策。

看不見終點。

不，或許這正是郁實邀咲太進行這場比賽的目的。

當咲太思考這種事情的時候……

「郁實。」

某人叫她的名字。

咲太抬頭一看，走廊上站著一名男性，年齡應該不到二十五歲。他身穿西裝，所以大概是社會人士，身高和咲太差不多，戴著眼鏡，看起來個性正經。

「我說過再也不會和你見面吧？」

蹲著的郁實慢慢站起來。騷靈現象已經平息。

「抱歉，我無論如何都希望妳聽我說。」

「我有事要忙。對不起。」

郁實撿起掉在地上的包包，從男性身旁快步經過，甚至不和他對上視線。

西裝男性朝郁實伸出手，但最後並沒有摸她的肩膀。

郁實的腳步聲迅速遠離，背影下樓消失。

感覺兩人之間果然有什麼內情。

既然這名男性知道郁實的某些事，問他也是一種手段吧。但是不知道該怎麼開口。

咲太如此苦惱時，男性的視線捕捉到他。

「你……難道是梓川同學？」

「……」

完全不認識……也不是這所大學學生的人叫出咲太的名字，咲太當然是嚇了一跳。

不過這成為對話的契機，咲太其實很感謝。

「您是哪位？」

「我曾經和她交往……」

尷尬移開的視線追著已經離去的郁實背影。

「換句話說，就是……」

「所謂的前男友。」

男性像是愈來愈不自在，露出自嘲般的親切笑容。

五分鐘後，咲太坐在校內的長椅上。

銀杏步道所在的主要大道。

隔著大道另一側的操場，足球社正在進行比賽形式的練習。「搶球啊～～！」疑似教練的男性高聲激勵。

雖然是星期六，校內各處依然有學生的身影，林蔭步道也有零星的行人。現在經過的應該是理工學系四年級生，兩名男學生互吐苦水：「畢業論文寫不完……」「我也不太妙。」

「畢業論文啊，我當年也焦頭爛額。」

這道聲音來自咲太身旁。

一名男性隔著一段距離，坐在長椅的另一邊。

自稱是郁實的前男友。

咲太說了「我要等人」走到室外，他就跟過來了。

名字是高坂誠一。走過來的途中，他這麼自我介紹。

收到的名片上印著陌生公司的陌生部門。

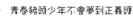

咲太瞥向旁邊的誠一，他不知何時叼著一根沒點燃的菸。

「啊，可以抽菸嗎？」

察覺視線的誠一將手插進西裝口袋，一邊尋找打火機一邊問。

「方便請你別抽嗎？」

「咦？」

「這個地方禁菸。」

咲太直到高中都沒想過，大學校內明確規劃了吸菸區。社團大樓附近、理工大樓後側，研究大樓附近應該也有。

在大學裡，學生幾乎會在就學期間迎接二十歲的生日，來到法律准許吸菸的年齡。實際上也有學生在下課時間衝到吸菸區。

「啊啊，原來如此。」

誠一將香菸從嘴上收回菸盒，臉龐掛著苦笑。他從剛才就一直是這張表情，大概是自己和郁實奇怪的場面被看見，覺得尷尬不自在吧。

「我平常完全不抽，緊張的時候才會這樣宣洩一下。」

誠一一邊解釋一邊將黃色菸盒放進西裝口袋。誠一身上完全沒有菸味，這番話應該是真的。

「因此，我偶爾會抽菸，然後嗆到……她經常說我既然這樣就乾脆別抽。」

誠一單方面對咲太說他並沒有發問的事情。不，是自言自語，並不是想說給咲太聽，也不是故意要讓咲太聽到。這個行動也和抽菸一樣，是要填平內心不自在的感覺。

「你和赤城是從什麼時候開始的？」

「她高一的時候我們在志工活動上認識，高二夏天向她表白後交往。」

「我的事是從她那裡聽到的嗎？」

「忘記是怎麼起頭的……她拿國中畢業紀念冊給我看。感情好的朋友是哪一個，初戀男生是否在裡面，當時就像猜謎一樣在看班上的照片。」

「你運氣不好，指到我的照片嗎？」

「嗯。然後在那之前都很開心的她因而變了臉色……」

「這就等於在說當時發生了某些事吧。」

不過在咲太的認知裡，自己和郁實之間並沒有直接的交集。沒談戀愛，沒吵架，也沒一起打造青春的酸甜回憶。

當時花楓遭受霸凌，思春期症候群發作，沒人願意相信真相是真的。這樣的咲太在班上與校內備受排擠。

「國中三年級班上發生的事，我在那時候稍微聽她說過。她莫名在意你，所以我也記得這件事，不過一半算是出於嫉妒吧。」

誠一說到一半轉動視線看過來，咲太也被這道視線牽引而看向他。

「但我也沒想到有朝一日會遇見本人。」

「我也沒想到會遇見赤城的前男友。」

咲太聽琴美說過郁實好像有男友，但他別說是半信半疑，相信的程度連兩成都不到……所以很驚訝她真的有男友。

「梓川同學，你和她是什麼關係？那個……你們在交往嗎？」

「完全不是那麼回事。」

「這樣啊……」

視線朝下的誠一看起來鬆了口氣，也好像有點落寞。不清楚他對咲太的回應有什麼想法。

不過，從現在的反應也可以知道一件事。誠一至今依然喜歡著郁實吧。

「你們為什麼會分手？」

「簡單來說，應該是我的錯。」

「複雜來說就不是嗎？」

「就算這樣，也依然是我的錯。」

咲太這句話使得誠一笑了，不過聽起來有一半是在笑他自己。

「她高中畢業那一天對我說：『我不會再和你見面。』用這東西單方面告知。」

誠一從口袋取出智慧型手機輕輕舉起。

「你默默接受了嗎？」

「我當時覺得自己完全沒資格回嘴。」

「為什麼？」

「因為去年大四的我忙著找工作……沒有餘力關心她。」

「求職真的很辛苦吧。」

前半學期走在大學裡，經常可以看見身穿西裝的四年級學生，到了校慶也結束的這個時期就幾乎看不見了。

「以我的狀況來說很辛苦。不過大家都說現在是勞方市場，所以掌握要領的人很快就拿到大公司的聘書然後大玩特玩。」

大概是回想起朋友們的模樣，誠一再度不悅地扭曲嘴角。

「我報名五十間公司的招募測驗，全部沒過。在第五十一間公司的面試，我完全不知道能說什麼。因為啊，排名第五十一想去的公司是怎樣——會忍不住這麼想吧？」

「說得也是。」

「就算被問到『為什麼想進我們公司』，我也不可能有答案。剛開始鎖定無人不知的大公司，因為沒上就妥協……下一間也沒上所以再度妥協，重複五十次之後就覺得哪間都好，只求有

一份工作。面試官也知道這種事，因為我是直到十一月、十二月都還在找工作的清倉貨。」

「……」

還沒經歷求職活動的咲太無從回應，只是默默等待誠一說下去。

「開始找工作之前，我多少有點自信。進大學之後，透過志工活動，我覺得比其他學生更理解社會。不過，這樣的我被說『本公司不需要』五十次之後，根本不知道該怎麼宣傳自己。但周圍的人們都拿到聘書，我內心愈來愈慌張……」

誠一的聲音在這時一下子變得陰沉。剛剛的氣氛明明是以說笑的形式述說昔日克服難關的體驗……

「這段期間和赤城處得怎麼樣？」

所以咲太好奇地這麼問了。

「她一直支持著我，來我家做飯，把面試用的襯衫燙平……要早起的日子也會先起床，在鬧鐘響之前叫我起床，還幫我準備便當。」

「……」

老實說，誠一說的話令咲太倍感驚訝，因為沒想到之前聽琴美說的傳聞是真的……

「出門面試的時候，她也從來沒對我說過『加油』。」

大概是覺得這麼說會造成壓力吧。

真要說的話，這很像是郁實的作風。

「回來的時候也只說『你回來啦』，不會問『結果怎樣』，言語及態度都不會這麼問。明明她自己應該也忙著考大學而沒有餘力。」

說來不可思議，咲太可以想像這樣的郁實。盡心為男友付出，也顧及自己的課業。她的正義感也適用在自己身上，所以兩方面都不能敷衍了事。或許郁實甚至沒想過要偷懶。

「但我聽到這裡想不到你們分手的原因。」

目前都只是前男友在曬恩愛。

「當時我被逼急了，連這麼照顧我的郁實，我都覺得她很煩。」

「……」

「我記得很清楚，那天是聖誕夜。看見她在房間念書準備考大學，我覺得她就好像在叫我加油一點……回過神來，我已經說出『妳暫時別管我』這句話了。」

「真的挺差勁的。」

「我自己也這麼認為。」

不過，任何人都可能在瞬間有一把無名火燒上來。第一步失敗的話，重點在於第二步，第二次失敗將會致命。

「如果立刻道歉就還好，但是當時的我沒有成熟到做得出這種事。不只如此，還覺得不能表

現得太丟人現眼。明明這樣比較丟人現眼。」

「說得也是。」

看到咲太點頭同意，誠一即使傻眼依然輕聲一笑。大概覺得與其胡亂出言安慰，咲太這種反應灑脫得多吧。

「不過你順利找到工作了吧？」

咲太視線落在手上的名片。這就是證據。

「過完年終於找到了。」

「聯絡過赤城嗎？」

「我想等她考完大學再聯絡，結果……」

「難道是在等待的這段期間被甩了？」

國公立大學大多在三月中放榜，高中的畢業典禮會先舉行，咲太也是這樣。

「嗯，一點都沒錯。」

誠一點頭回應咲太說的話，露出這天最惆悵的苦笑，嘲笑昔日那個丟臉的自己。

「不過，為什麼你現在要過來找赤城？」

解釋為「整理內心需要時間」就很完美，但如果有其他原因，咲太想問清楚。因為或許可以變成提示，讓咲太想起自己和郁實那段應當想起的往事。

「我看了她的社群網頁。」

「……」

「你現在覺得我很噁心吧？」

「哎，有一點。」

「這是一般正常的反應，所以我才不想說……不過上面寫了一則留言。她夢見自己犯下傷害事件被警察逮捕。」

「赤城嗎？」

「傷害事件」與「警察」都是和郁實八竿子打不著的詞，所以咲太反射性地反問。

「『＃夢見』的傳聞現在很熱門吧？」

「你相信那種事嗎？」

「這不是大人會相信的事，但我看了之後很在意。」

如果這件事成真……咲太就可以理解他這麼想的心情。實際經歷過像是預知夢事件的咲太不能對此視若無睹。

「知道事發的日期嗎？」

「等我一下……」

誠一操作手機，看來是在重新檢視推文型社群網站。

「十一月二十七日。」

那天好像有某個行程。

記得郁實邀咲太參加的同學會就是預定在這一天舉辦。

國中同學會。

那一班的同學會……

這是巧合？還是……

「我看見這則留言之後很擔心，覺得不能放任郁實一個人行動。」

誠一輕聲吐露自己對郁實的心意。

「因為她在某方面來說是藉由扶持別人來扶持自己。」

這是近似獨白的話語，卻打斷咲太的思緒，緩緩滲入他的體內。

「或許吧。」

不久，共鳴化為言語。

藉由拯救別人來扶持自己，完全符合咲太對郁實的印象。

從她這個正義使者身上感受到的危險氣息，咲太覺得真正的原因就在這裡。

所以郁實無法停止扮演正義使者。

要是不拯救別人，自己就會倒下……

「高坂先生……」

「嗯？」

「你現在還喜歡赤城吧？」

「我自覺對她依依不捨。」

誠一說完站了起來。看他在注意手機的時間，或許是工作還沒做完。

「對了，如果不會造成困擾，可以交換聯絡方式嗎？為防她發生什麼萬一。如果覺得麻煩，之後再封鎖我就好。」

誠一的指尖在手機上滑動，大概是在開啟傳訊軟體。

「不好意思，我沒有手機。」

「咦？」

咲太說實話之後，當然得到驚訝的回應。

「並不是用這種爛藉口婉拒……我國中時代討厭手機，後來就不帶了。」

現在已經沒有不帶手機的理由，但即使沒手機也能照樣過日子，所以沒動力去買。

「這樣啊。」

誠一露出為難的表情，不過他很乾脆地打消念頭，將手機收回西裝口袋。

「那麼，有機會再見面吧。」

「好的。」

彼此都覺得今後應該不會見面，卻以這樣的話語道別。誠一就這樣朝正門走去，沒停步也沒轉身。這是當然的，因為沒必要這麼做。

咲太也沒目送誠一的背影到最後。咲太有理由不這麼做，他感覺旁邊有某人的氣息，將注意力移向該處。

不是普通的氣息，是紅色的氣息。

往旁邊一看，誠一剛才坐的地方有一名迷你裙聖誕女郎，單手撐在交疊的雙腿托著腮，睫毛很翹的雙眼看著咲太。

「明明是星期六，你在大學做什麼？」

「在被突然出現的迷你裙聖誕女郎嚇一跳。」

「好煩。」

透子覺得無趣般扔下這兩個字。咲太明明是誠心回答卻被這麼說，好過分。不過能在這裡見到她，算是正合咲太的意。他有事情想問霧島透子。

「妳對赤城做了什麼？」

「我只是發了禮物，大家想要的禮物。」

「原來聖誕女郎也會拿騷靈當禮物啊。」

「那是什麼？」

透子嗤之以鼻似的笑了。

「她的思春期症候群不是那種東西啊。」

咲太也這麼覺得。因為剛才看見寫在郁實手臂上的文字感覺得到某人的意志，應該說是人格，明顯不是幽靈之類的。那些字句具備溝通的效果。

「不然是哪種東西？」

「聖誕女郎不可以多嘴洩漏別人的祕密。」

透子沒移開視線，臉上帶著隱含挑釁的微笑。

「『#夢見』也是妳搞的鬼嗎？」

既然郁實的話題行不通，換個問題就好。

「任何人都會擔心將來吧？」

「所以妳讓大家在夢裡看見未來？」

「別讓我說好幾次，不是我讓大家看，是大家自己看的。」

話題沒能進展下去。明明好不容易再度見面，這樣下去將毫無收穫。

「只問到這裡嗎？」

透子嫌無聊般這麼問。她手上不知何時握著智慧型手機，以單手俐落地操作。看來聖誕女郎

也會使用手機。

「那我再問一個問題。」

「什麼問題？」

透子仍看著手機。

「請告訴我電話號碼。」

「……」

滑手機的手指驟然停止。

然後透子將咲太納入視野一角。

「啊，先把我家的電話號碼告訴妳吧？」

「免了，不需要。」

透子冷漠地駁回咲太的提案，視線移回手機，一副不理不睬的感覺。

「欸，你在大學主修什麼？」

唐突地拋來這個問題。

「統計科學。」

「那是數學嗎？」

透子的眼睛現在依然看著手機。

「也有某部分類似。」

「既然是理科男生，有背圓周率嗎？」

「大概記到３．１４１５９２６５３５。」

「那麼或許剛剛好。」

透子在莫名其妙的地方表現理解之意，將手上的手機畫面伸到咲太面前，同時……

「３、２……」

她開始以愉快的聲音簡短倒數。

手機畫面上是十一個數字。從０９０開始的電話號碼。

「１、０！好，時間到。」

她迅速收回手，藏起手機畫面。

「麻煩再一次。」

「機會只有一次，而且電燈泡好像也來了。」

透子說完朝背後接近的腳步聲轉過身。

「久等了。」

下一瞬間前來的是麻衣。

「麻衣小姐，課後輔導辛苦了。」

「不是課後輔導，是教授之前因故沒上的課在今天補課。」

麻衣輕捏咲太的臉頰。

「原本的課我因為工作沒去上，所以這次幫了大忙。」

麻衣說著鬆開手，看向咲太坐的長椅側邊。

「咲太，你剛才在和誰說話嗎？」

「如妳所見，在和霧島透子小姐說話……」

即使將視線移回長椅側邊也已經看不見透子的身影。

「……」

三百六十度環視周圍，到處都找不到迷你裙聖誕女郎。在剛才的一瞬間如同煙霧消失了。

「她剛才在這裡？」

麻衣也和咲太一樣環顧周圍。

「嗯，不會錯。」

「這樣啊……」

感覺像是中了什麼幻術。明明還有事情想問……但是不必為此失望，那十一個數字已經牢牢記在咲太腦中。

「赤城同學那邊怎麼樣了？」

「發生一些事情之後，我見到了她的前男友。」

「為什麼？」

「說來話長。」

咲太說著起身。

「那麼，在回程路上說給我聽吧。」

「啊，關於這個……」

「嗯？」

「我想回老家一趟。」

國中時代的物品，包含畢業紀念冊都清理掉了，所以即使回老家也沒有任何東西還在，老家本身也已經搬離當時居住的地方。

即使如此，當時地區那麼小，咲太覺得父母或許記得郁實的某些事。

家長有家長的人際網路。

聽到「傷害事件」或「逮捕」這種字眼，咲太終究很難袖手旁觀。

「既然這樣，在橫濱站買燒杯布丁過去吧。」

「咦？麻衣小姐，妳要來我家？」

「畢竟上次拜訪是夏天的事了。好啦，我們走吧。」

麻衣不顧咲太的意願，快步向前走。

事到如今，咲太只能跟上。

5

咲太按下老家的對講機約五秒後，傳來父親的聲音：『喂？』

「是我，咲太。」

咲太將臉湊到小小的鏡頭前面回應。

『啊啊，我現在開門。』

對講機結束通訊的同時，腳步聲從屋內接近。門響起開鎖聲之後緩緩開啟。

露面的是只有單腳套著拖鞋的父親。明明是星期六，卻是有領襯衫加休閒長褲的打扮。

「怎麼突然回來了？」

「兒子沒事不能回來嗎？」

咲太也是這個家的孩子。

「我不是這個意思……」

「伯父好，好久不見。」

麻衣從門後現身，像要打斷父親繼續說下去。

「啊，妳好。什麼嘛，原來麻衣小姐和你一起來啊。」

或許是剛才對講機鏡頭沒拍到，父親明顯吃了一驚。

「咲太，一起來的時候要先……」

父親原本要抱怨，但他看著麻衣，將後半段的話吞回肚子裡。大概是認為這種話不應該讓兒子的女友聽到吧。

「好啦，總之先進來。」

父親大幅拉開門，邀請咲太與麻衣進屋。

「孩子的媽，咲太和麻衣小姐來了。」

父親朝屋內搭話。格局是二房二廳含廚房。

「真的？哎呀，歡迎光臨。」

母親在進玄關後即可看見的飯廳迎接。

「不好意思，突然前來打擾。」

麻衣客氣地鞠躬。

「沒關係。咲太，你回來啦。」

「我回來了。這是伴手禮。」

咲太將在橫濱站百貨公司地下樓層買的布丁放在餐桌上。

「謝謝。晚點來享用吧。」

母親對父親一笑，將布丁放進冰箱。然後在父親的催促下，咲太與麻衣來到客廳。

「你們會吃完飯再走吧？」

才坐在沙發上，拿著馬鈴薯的母親就這麼問。

「得多加幾道菜，飯也要加米重煮才行。」

「不……」

咲太還來不及說出「我們馬上就回去了」。

「我來幫忙。」

麻衣說完起身，站在咲太母親身旁。

「是嗎？可是這樣好嗎？」

可以讓女星櫻島麻衣幫忙嗎……這樣的猶豫浮現在母親臉上。

「請伯母將您的調味方式傳授給我。」

麻衣將這份猶豫消除。

「真是的，總覺得咲太好像把妳娶進門了。」

母親也暗喜般這麼說，然後為麻衣準備圍裙，兩人一起削起馬鈴薯皮，同時聊著料理跟咲太的話題……麻衣在父母面前稱呼咲太為「咲太先生」，有種不可思議的感覺。

雙方像這樣建立良好關係，咲太只覺得很高興。

首次向母親介紹麻衣是今年三月的事。咲太考完大學，報告自己順利考上的時候，帶麻衣來到這個家。

花楓回復精神之後，母親的身體狀況也完全穩定，所以差不多可以試試看了……當時也是基於這種心態。

話雖如此，母親一開始還是嚇了一跳。說到櫻島麻衣這個人，是家喻戶曉的當紅女星。不只如此，也是母親站在觀眾的立場，從麻衣童星時代就單方面認識的對象。這樣的她成為兒子的女友出現在面前，會嚇到也是理所當然。

因為已經先聽父親說明過，母親那樣或許反而算是很鎮靜了。

只不過，當時母親說著：「真的是……真的耶。真的是……真的是好漂亮的孩子。」這種像在作夢的反應持續了好一陣子……

在那之後到今天，兩人數次像這樣造訪老家。

「今天是從大學下課過來的嗎？」

父親調低電視播放新聞節目的音量，同時這麼問，感覺得出他的關心。

「差不多。」

電視畫面播放著早早就點亮的聖誕燈飾話題。

「對了，爸媽你們記得赤城嗎？」

咲太這麼一問，麻衣率先將視線投過來。她擔心咲太對母親說這個話題是否沒問題。

在花楓遭受霸凌而受苦時，母親因為無法為她做任何事，一度覺得自己沒資格當母親而罹患心病，被逼得連日常生活都不能好好過……

但是現在不一樣。包括花楓、咲太、母親與父親，每個人都各自跨越痛苦的時期，能夠像這樣再度享受共處的時光。

花楓每天健康地生活，她的身影成為母親內心的一大支柱。

咲太和自豪的女友過著快樂的每一天，他的存在成為母親的自信。

母親曾經開心地這麼說過。

所以咲太認為提到這種程度的話題已經不要緊。

而且這個想法沒錯。

因為父親與母親聽到咲太這個問題，表情都沒變。

「赤城？嗯，我記得。是女生對吧？」

「嗯。」

「她的母親是不是律師？」

咲太第一次聽到這件事。郁實的正經個性與強烈的正義感，或許是受到母親這位法律專家的影響。

「說到赤城女士，記得她也有擔任家長會的幹部。」

父親如此補充。

「對，沒錯。明明自己有正職工作，真是了不起。」

看來郁實充沛的活力也是遺傳自母親。高中時代擔任學生會長，參加志工活動，現在則是扮演正義使者並且立志成為護理師。

「不過，你怎麼突然問這個？」

母親一邊動手做菜一邊問。

「我們上同一所大學，雖然不同系，但是湊巧遇見了。我完全不記得了，所以想知道她是什麼樣的人。」

「那麼，現在或許正是時候吧。」

「嗯？」

父親緩緩起身，拉開客廳的紙門進入寢室。回來時，手上拿著一本裝在硬紙盒的紀念冊。

「……」

他默默將紙盒遞給咲太。
咲太接過紙盒，傳來沉重的手感。
「這是……」
其實不用問也知道。
浮現在腦海的只有一個詞。
畢業紀念冊。
「先前拿出冬季衣物的時候翻到的。」
咲太從盒子裡取出內容物。
封面刻著咲太就讀的公立國中校名。
沒有懷念的感覺。
咲太是第一次看這本畢業紀念冊。
他不記得自己領到之後有打開過，應該根本沒從盒子裡拿出來過。
維持全新，在搬家的時候當成垃圾丟掉了。
但是不知為何如今在咲太的手中。
「搬家公司的人發現之後拿到我這裡，問我是否真的可以扔掉。」
「……」

「即使現在覺得可以扔掉，幾年後或許會不一樣。我當時大概是這麼想的。」

「或許吧……」

咲太含糊回應，翻開第一頁。

長年闔上沒動過的紀念冊牢牢黏住，每一頁都緊貼在一起。每翻一頁，室內就會響起劈啪的清脆聲響。

咲太在三年一班的頁面停下動作。

全班最前面是板著臉的咲太。

因為是五十音順序排第一的「梓川（Azusagawa）」。

女生最前面是表情平淡的郁實。

因為她也是五十音順序排第一的「赤城（Akagi）」。

咲太因而稍微回想起來了。

剛升上三年級的時候，咲太和郁實座位相鄰，彼此的座號都是1號。

咲太繼續翻頁，每翻一頁，帶著紙張與墨水味道的風就會掠過他的鼻尖。明明不覺得懷念，卻帶來令人懷念的氣息，或許是早就植入基因，讓身體如此反應吧。

各班頁面結束之後，不規則排版的學校活動照片在咲太的視野裡展開。入學典禮的生澀模樣；具備躍動感的運動會片段；扮裝嬉鬧的應該是校慶；球類大賽與教育旅行的照片也緊密排列

在頁面上。

大家過得快樂又充實的三年歲月被漂亮地剪輯下來。

到處都沒有咲太所經歷的灰色光景，有著鮮豔色彩的國中生活清晰地留在紀念冊裡。

繼續翻頁，終於來到單色印刷的文集。

每頁男女各一篇。三年一班的第一頁，「梓川咲太」與「赤城郁實」的名字上下並列。

為了成為理想的自己

三年一班　赤城郁實

小學畢業的時候，我在紀念冊文集寫上「想成為能幫助他人的大人」。當時我認為國中生已經算是大人，但是在迎接畢業的現在，我還是沒能達成目標。

第一年我擔任班長，和學長姊合力進行運動會與校慶的籌備與運作。尤其是校慶，每天放學之後留到很晚，老師們帶食物來探望，我認為過得很充實，現在回想起來也是快樂的時光。

第二年的回憶果然還是學生會。以書記身分首次參與的學生會，每一項工作都新奇又值得挑戰。接觸各社團活動或是委員會的機會增加，認識同班同學以外的朋友、學長姊與學弟妹，一起度過校園生活。我對此只有感謝。

第三年的我什麼都做不到。
所以我希望在高中一定要成為能幫助他人的大人。

寫在上面的文章架構如同範本，很有郁實的風格。
她的正經個性就這樣如實呈現出來。
因此，咲太從只寫了一行的第三年的內容感受到郁實強烈的悔意。
或許其實想多寫一點。
或許真的寫了。
不過在繳交之後可能因為班導有意見而改掉了吧。
結果只留下令人印象深刻的簡潔的一行字。
有可能是想太多了，但咲太不得不這麼認為。
——什麼都做不到。
這句話暗指哪個時期的哪個事件，那一班的人都知道。
郁實果然在後悔。
後悔沒能拯救咲太。
而且至今依然放不下這個想法。自己在畢業文集寫了什麼內容……她記得這一點就是最好的

證據。

對她來說，刻意留在畢業文集的那行字或許算是對自己的懲戒吧。

肯定幾乎所有人都不記得寫了什麼，咲太就全忘了。

——總有一天，想達到「溫柔」這個目標。

校慶的時候，郁實告訴咲太他是這麼寫的。不過老實說，咲太還是沒什麼概念。自己真的寫過這種內容嗎——腦中甚至浮現這種疑問。

頁面上半部刊登咲太的作文。

或許可以回想起當時的某些事。咲太懷著這種期待，閱讀國中時代寫的難懂的文章。

字跡潦草，內容也沒什麼章法，明顯是某人命令要寫才不情不願寫成的文章。

只是內文雖然空洞，卻值得讀到最後。

無論重讀幾次都沒看到。「總有一天，想達到『溫柔』這個目標」這句話沒寫在任何一個地方。

突兀感在體內流竄，攪亂咲太的大腦使他頭昏眼花。

咲太沒寫這句話。

不過，這是咲太知道的話語。

是初戀對象教會他的重要話語……

郁實為什麼會知道這句話？

彷彿漩渦捲動的思緒逐漸集中在一處，最後聚合成一個答案。

「難道說，那個傢伙……」

浮現在腦中的答案使得咲太身體深處冰冷打顫。

這應該就是真相沒錯。

咲太如此確信。

然而心情一點都不舒坦，毫無暢快的感覺。

因為明明終於找到答案，咲太卻依然不知道郁實想做什麼……

第四章

來自希爾伯特空間的另一側

1

午餐時段結束的下午三點，直到一小時前都處於慌亂氣氛的連鎖餐廳店內完全回復平穩，剛才客滿的座位現在只坐了五成左右。

這麼一來，差不多可以準備下班了。

咲太才如此心想——

「梓川，你可以下班了。」

店長就對他這麼說了。

「那我先告辭了。」

咲太在餐廳前場道別，打卡之後進休息室。此時，正探頭看員工用冰箱的女高中生的屁股迎接咲太前來。真的是藏頭露尾。

「古賀，妳的寶貝屁股被看光了。」

咲太一指出這點，朋繪就立刻起身以雙手保護裙子臀部。

「學長，你真的爛透了。」

朋繪鼓起臉頰瞪過來。她應該是在生氣，不過那副模樣和嘴裡塞滿橡實的松鼠沒什麼兩樣。不對，應該是成長得圓滾滾的倉鼠。不管是哪一種都令人會心一笑，而且很可愛。

「冰箱裡的泡芙是上次的謝禮。」

「我不是說過一個就好嗎？」

朋繪一邊抱怨一邊從冰箱取出白色盒子。用單手拿顯得有點大的盒子，裡面裝了十個泡芙。

這是咲太打工前在ＪＲ藤澤站驗票閘口外的泡芙店買來的。為了讓比較晚來打工的朋繪知道，他在冰箱門貼上「古賀專用泡芙　不要吃掉」的告示。

「而且還貼這種東西！」

朋繪將撕下來的告示遞到咲太面前。

「『妳要一個人吃光？』兼職阿姨還這樣笑我。」

「剩下的分給大家吃吧，花楓等等也會來。」

「既然這樣，應該寫『送大家吃』吧？」

「不，這樣寫比較好玩。」

咲太接過她遞到面前的告示，揉成一團扔進垃圾桶。

「我一點都不覺得好玩。」

朋繪說著撕下盒子的貼紙打開，楓糖的甜蜜香氣撲鼻而來。

「看起來好吃。」

朋繪發出開心的聲音，大口咬下。煩躁的心情隨著鮮奶油一起甜蜜地融化，臉頰看起來好幸福。

咲太趁機繞到休息室置物櫃的另一邊。幾乎高達天花板的置物櫃在室內隔出少許空間，作為男性員工的更衣室。

咲太迅速脫掉服務生的圍裙、上衣與褲子。

「對了，古賀。」

脫到剩一條內褲時，他朝著置物櫃另一邊搭話。

「幹嘛？」

回應他的是嚼著泡芙的模糊聲音。

「妳知道『#夢見』吧？」

「學長，你現在才問這個？」

看來對走在流行尖端的現今女高中生來說，這已經是過氣的話題。

「身為預知未來的前輩，妳怎麼看？」

「我覺得挺不舒服的。」

「和妳的未來模擬比起來，沒什麼大不了吧。」

坦白說，小惡魔的未來模擬厲害得多，因為可以即時搶先體驗以月為單位的未來……

「又沒有在比賽。」

「所以妳不認為這是謠言啊。」

「這……是啊……」

話中有話的回應。

「難道妳也經歷過？」

「不是我……是奈奈的夢境成真了。」

這裡說的「奈奈」是朋繪的朋友米山奈奈。

「怎樣的夢？」

「我在海邊被男生搭訕……」

朋繪以不情不願的語氣坦白說明。

「這是什麼時候的事？」

「七月底。」

今天是十一月二十七日，所以是四個月前。可以理解朋繪為什麼說「現在才問這個」，看來「#夢見」從這麼久之前就已經存在了。

「對了，今年妳沒穿泳裝給我看耶。」

「去年的也沒穿給你看啦！」
「原來如此。妳每年都會買新的啊，明年我會期待的。」
「現在不是在講這個。」
「哎，不過妳被搭訕是家常便飯就是了。」
「找我說話的對象正是奈奈夢見的那個男生，所以我才會這樣告訴你啊。」
不用看朋繪的臉，她不滿的表情也浮現在咲太的腦海。看來最好再讓她吃一個泡芙。
「所以那個搭訕的男生怎麼樣了？」
「和奈奈交往了。」
「啊？」
意外的發展令咲太發出脫線的聲音。
「那個男生和奈奈念同一所國中。」
如果只因為國中同校就開始交往，那現在咲太與郁實也必須成為男女朋友了。
「會不會其實是當時就對彼此有意思？」
「奈奈好像暗戀他，但是對方應該沒有，因為當時他說：『咦？米山？』嚇了一跳。」
「啊～～原來如此。受到妳的影響，米山現在也有點不一樣了。」
奈奈偶爾會來連鎖餐廳光顧，咲太大約兩個月會見到她一次。

當初認識時是文靜偏內向的高中一年級，不過經過兩年的現在感覺蛻變許多。

雖然不像朋繪升高中改頭換面那樣突然改變，不過如果不知道中間的過程，男生應該都會嚇一跳吧。講得淺顯一點就是變可愛了。

咲太換好便服之後，從置物櫃後方來到休息區。

朋繪將吃完泡芙的包裝紙整齊摺好，臉上帶著無法釋懷的情感。

「被米山搶先，對妳的打擊這麼大嗎？」

「怎……怎麼可能啦！上週聽她說開始交往的時候，我是有嚇一跳……應該說有稍微著急了一下。」

「這也很像妳會有的煩惱。」

「什麼意思？」

是率直、直腸子的意思，但咲太不太方便明說。即使是純粹的讚美，朋繪應該也不會欣然接受，而且看她的表情像是知道咲太想說什麼。換句話說，她看向咲太的眼神已經累積了不滿。

「別因為著急就和奇怪的男生交往啊。」

「比學長更奇怪的人很難找，不用擔心。」

「謝謝妳喔。」

咲太隨口回應，將一個小盒子放在朋繪頭上。

「會弄壞髮型，不要這樣啦。」

朋繪一邊抱怨一邊伸手拿頭上的盒子。放到桌上之後，她看著盒子，驚訝地瞪大眼睛。

「咦？學長，這是……」

咲太給她的盒子裝的是最新型的無線耳機，之前朋繪希望在考上大學時買給她的賀禮。

「我還沒跟學長說過推薦結果吧？」

「拿到指定學校的推薦名額還落選嗎？古賀，妳真行。」

由於是以各高中固定的推薦名額報考大學，幾乎不可能落榜才對……大概是面試的時候嚴重搞砸了吧。

「有……有考上啦。」

「那就按照約定，慶祝妳錄取。」

「真的可以嗎？很貴吧？」

「我用了祕技，所以我的荷包連一毛錢都沒少。」

「那是怎樣？」

「我跟月月提到這件事，她就給我了。她說所有顏色都拿了，所以有多的。」

拍這支耳機廣告的歌手就是卯月。

「我可以收下嗎？」

「我跟月月說過要當成學妹考上大學的賀禮，她也知道沒智慧型手機的我不可能拿來用。」

「這樣啊，那麼……可以嗎？」

「這樣妳就可以盡情玩樂了。」

「奈奈還要考試，我不能這麼做。不過學長，謝謝你。」

朋繪立刻從盒子裡取出耳機，和手機連線配對。「啊，對了。」她在連線途中抬起頭。

「聽學長說完我才想到……」

「什麼事？」

「昨天我看見一則令我在意的留言……因為有提到我們高中。」

朋繪說著將視線移回手機，滑動推文型社群網站的畫面。

「找到了，這則。」

她再度抬起頭，把找到的留言拿給咲太看。

——我夢見十一月二十七日，教室的日光燈破掉害我受傷。痛死我了～～地點是峰原高中的二年一班，所以大概是社團活動結束正在換衣服吧。應該禁止在室內玩籃球…… #夢見

如果這是真的，那麼確實令人在意。

不過，咲太早就知道這是假的留言，所以一點都不在意。這則留言是咲太寫的，還刻意創了新的帳號……

「應該沒什麼問題吧。」

「為什麼？」

「因為正義使者會想辦法處理。」

郁實一定會來。咲太灑了這樣的餌。

「學長，你在說什麼？」

朋繪感到傻眼。「腦袋沒問題嗎？」她以眼神這麼問了。

咲太由衷感到遺憾，但是從頭說明又有點麻煩。咲太接下來還有重要的事情要辦，要去和正義使者對決……

「早安。」

咲太像這樣思考時，花楓來到了休息區。

「花楓小妹，早安。」

「早安，朋繪小姐。」

花楓面帶笑容打完招呼，回復成正經的表情看向咲太。

「哥哥，理央小姐在外面等你耶。」

「那傢伙真準時。」

休息區的時鐘顯示時間是下午三點二十分。

「那我先走了。」

「啊，嗯。學長，辛苦了～花楓小妹，有泡芙可以吃喔。」

「太棒了。我要開動了。」

「我要不要也再吃一個呢……」

咲太聽著背後傳來這樣的對話，離開休息區。

如花楓所說，理央在連鎖餐廳外面等候。

獨自站在路燈旁邊。

「久等了，抱歉讓妳特地出來。」

「反正要去補習班打工，早就預定會出門了。」

理央說著立刻踏出腳步。

咲太也並肩走在她身旁。

沿著這條路筆直往車站走，途中就是理央與咲太打工的個別指導補習班。

「首先，關於赤城郁實的思春期症候群……我覺得你猜的沒錯，這種可能性最高。」

咲太看完畢業紀念冊之後打電話找理央討論，後來時間遲遲搭不上，直到今天才確實得到她的回答。

「不過這件事有點令人難以置信。」

「是啊。」

咲太也對自己的猜測沒什麼自信。

「如果我站在相同立場，我應該無法像她那樣。」

「我有同感。」

如果咲太的想像沒錯，郁實從大學的入學典禮那時，思春期症候群就已經發作，這個狀況持續到今天，為期約八個月。

郁實恐怕是自願保留這個思春期症候群。

咲太對此實在難以置信，不過既然理央持相同意見，咲太也開始相信自己的猜測。

「妳剛才說『首先』，所以還有別的嗎？」

理央一開始是這麼說的。

咲太個人認為到目前為止的對話已經滿足要件。

「看前面。」

理央不等咲太回應就拿出智慧型手機。

「是是是。」

理央的手指在手機螢幕上滑動。咲太不經意引導理央往前走以免撞到前方走來的行人。

經過三十秒左右，理央說「你看這個」將手機畫面朝向咲太。

畫面顯示推文型社群網站的留言。

「#夢見」這樣的文字首先映入眼簾。

是今天的日期……「十一月二十七日」的相關留言。

留言本身是在這個月初上傳的。

——十一月二十七日，我去參加國中同學會。如果這是真的，那有夠恐怖。#夢見

「除此之外，我還找到十幾則類似的留言。」

理央將手機拿回手邊，接連顯示其他留言給咲太看。

——十一月二十七日，星期日。在海邊的店開同學會，而且是國中的？不過大家看起來很開心，超意外的。這場夢會成真嗎？#夢見

——十一月二十七日。今天的夢是同學會嗎？看得見大橋的店。總覺得大家實際長大了，說不定這是真的。怎麼可能。#夢見

——十一月二十七日吧，應該是。哇～～聽到要辦國中同學會就立刻夢到了，而且那間店就是邀請函上寫的地點。可能是真的。不過，那一班有點……不過，看起來好開心。可是，要不要去呢？#夢見

日期完全吻合。

從留言者的個人資料來看，感覺和咲太年紀相近。某些個人資料也透露就讀的大學名稱或居住的地區，大致都在相近的區域範圍內。

雖然這麼說，不過只要查遍神奈川縣，應該也有許多學校或班級預定在今天辦同學會吧。

只是偶然，想太多。

應該也可以這麼想，不過咲太不這麼認為。

「梓川，這是不是和你有關？」

「應該吧，畢竟我這裡有邀請函。」

咲太從背包袋子取出明信片大小的紙給理央看。是郁實之前給他的。

十一月二十七日舉行同學會的注意事項，時間是下午四點到六點的兩小時，地點在橫濱灣區，正好是看得見大橋的位置。

社群網站的留言完全說中店內的氣氛。

「赤城郁實也有夢到同學會吧？」

「還說會犯下傷害事件。」

這是郁實的前男友高坂誠一告訴咲太的。實際上，他所說的郁實的帳號也是這麼寫的。

「『#夢見』集中到這種程度是巧合嗎？」

「這是我想問的。」

「總之，看你好像已經準備周全，我不擔心就是了。不過……」

理央停下腳步。已經抵達補習班所在的大樓前方。

「不過？」

「還是要小心啊。」

「小心什麼？」

「畢竟被捅的可能是你。」

理央說完走進大樓，消失身影。

「……」

咲太幾乎沒想過這個可能性。

「……是不是在肚子藏一本雜誌比較好？」

視線不經意朝向便利商店的雜誌區，排列在架上的是麻衣登上封面的時尚雜誌，以及甜蜜子彈綻放笑容的少年雜誌。

2

許久沒搭江之電，咲太感到懷念的同時，某種陌生的感覺也傳到心中。

高中時代每天通學搭的電車。

習以為常的車內悠閒氣氛。

穿梭在民宅之間，本應看慣的車窗景色。

車輪、鐵軌、車廂連結處嘎吱作響的行駛聲令人覺得復古。

這一切曾經在日常生活中。

如今已不復在。

升上大學之後，連江之電月臺所在的藤澤站南側都很少去了。咲太直到今天才察覺。

打工的連鎖餐廳與補習班在北側，平常購物的超市以及回家的路都歸結在車站北側。

所以電車離開江之島站，行駛一段時間進入路面區段時，視線自然離不開景色。駛離下一站腰越站後，咲太也一直看著近得像是會撞上的民宅石牆與植栽。

景色在緊貼到像是伸手可及的距離流逝。想著遲早會撞到而擔心時，軌道和１３４號國道相會，車窗一瞬間被染成藍色。

大海沐浴在西斜的陽光下閃閃發亮。

清澈的天空又藍又白，一望無際。

正中央拉出的水平線看起來彷彿在發光。

高中時代每天眺望的景色。

日常之中平凡無奇的風景。

不過，這是特別的通學路。

正因為現在已經是大學生，感受才會如此強烈。

——下一站，七里濱站。

音調沉穩的女性廣播聲也好久沒聽到了。

在七里濱站的小小月臺下車一看，車站寧靜無聲，彷彿被扔進空無一物的世界。幾乎沒人上下車，和頗為擁擠的江之電車內形成對比。現在就是這樣的時段吧。

不過，這裡沒有冷清的氣氛，甚至相反。下車的瞬間，潮水味溫暖地包覆全身。從鼻腔喚醒的記憶在體內血管奔馳，將懷念的感覺傳導至全身，每個細胞都回想起當時的記憶。

在驗票閘口舉起ＩＣ卡感應出站。

走沒多久就在小橋對面看見回憶中的校舍。

咲太直到去年的三年間就讀的峰原高中。

一起下車的其他人沿著平緩的斜坡往下走向海邊，只有咲太往反方向走，穿越沒放下柵欄的平交道。

前方是峰原高中的校門。

咲太呼出長長一口氣，踏入只打開一半的門。

有一種在學時期感覺不到的獨特緊張感。

雖說是畢業生，但現在已經是外人。

而且穿便服走在校內也覺得挺奇怪的。

幸好今天是星期日，校內沒有學生出沒。應該也有學生來學校進行社團活動，但是咲太沒遇見任何人就抵達校舍。

首先前往的是學務室。

遠方體育館傳來打籃球的聲音。咲太聽著後方傳來的這個聲音，說了聲「不好意思」輕敲玻璃門。

接著，行政阿姨從裡頭露面。

「你是之前聯絡的畢業生吧？」

「是的，我是梓川咲太。」

「那麼麻煩在這裡寫上姓名。」

咲太要在阿姨提供的筆記本上寫名字時，在上一個欄位看見熟悉的名字。

——赤城郁實

旁邊註記的入內時間是三點四十分，大約十五分鐘前，日期是今天。

「噢，那個嗎？剛才來了一位學生說想參觀校內當成大學報告的參考資料。」

「這樣啊。」

咲太隨口回應。他也是編造類似的理由，預約在今天參觀校內。

他在筆記本上寫下姓名。

「請避免拍攝可以查出特定人物身分的照片，麻煩配合。」

「好的。」

「在校內請把這個戴在脖子上。」

遞給咲太的是掛在繩子上寫著「來賓」的卡片。

「參觀完畢之後請回來這裡。」

「知道了。」

咲太依照吩咐，將來賓卡掛在脖子上。

「應該不會到一小時。」

咲太對行政阿姨這麼說，然後朝校舍內部踏出腳步。

說來不可思議，假日的校內沒有令人懷念的感覺。

大概是無人的寧靜取勝，沒能營造出沉浸於回憶的氣氛吧。

傳入耳中的只有咲太上樓的拖鞋聲。

咲太逐一確認腳踩的階梯，來到二樓。

筆直延伸的走廊，沒有任何遮蔽視野的物體，也沒有任何人，只有二年一班到九班的白色門牌在天花板附近探頭。

什麼都沒變。畢業之後不到一年，不可能有什麼改變。

不過，這裡已經不是自己的居所。咲太的身體似乎理解這一點。

總覺得不太自在。明明有確實獲得許可，卻有點像在做壞事，這樣的心情悶在胸口。

但是咲太管不了這麼多，因為他來到這裡不是為了探索母校。

二年級每一間教室的門都關著。

仔細一看，只有一扇門打開。

二年一班的後門。

咲太當時在的班級。

曾經使用一年，回憶中的教室。

咲太一步步走向敞開的門。

毫不猶豫地踏進教室。

「……」

咲太一進門就停下腳步，因為教室有一位先來的訪客。

某人站在窗邊，最前方座位的旁邊。身上穿著和高中教室格格不入的便服，沐浴在窗外吹進來的風中。咲太認得這個背影。

是郁實。

她應該有察覺到有人來到教室。

咲太每走一步，拖鞋的脫線腳步聲就在安靜的教室裡清晰響起。

咲太從後門筆直前進，也在看得見海的窗邊停下腳步。打開窗鎖，拉開窗戶，來自海面的沁涼微風輕撫咲太的臉頰。

這陣風也再度為咲太捎來懷念的感覺。

坐在窗邊座位的那時候，在課堂上會心不在焉地看海。不可思議地看不膩，可以一直看下去。海擁有這樣的吸引力。

「赤城，原來妳一直在後悔。」

「……」

即使咲太搭話，郁實也不發一語，就只是看著海。

「花楓身體出現莫名其妙的傷口或瘀青，我希望老師與班上同學相信，希望有人可以協助的那段往事，妳一直在後悔……」

結果眾所皆知，沒人願意相信咲太說的話，老師與同學們都沒伸出援手。

咲太承受的只有「梓川很糟糕」或「那傢伙腦袋有問題」之類的各種話語與冰冷視線。

「原來妳一直後悔當時沒能拯救我。」

實際拯救咲太的是夢中所見的神祕女高中生的模糊記憶。刻在靈魂的初戀女高中生的記憶，這段記憶引導咲太走到現在。

「有點不對。」

一直保持沉默的郁實將視線朝向咲太。

「哪裡不對？」

「我後悔的是明明朋友跟我說『郁實，處理一下這種氣氛啦』，我卻什麼都做不到。」

「……」

「從小，爸媽、老師跟朋友就說我很穩重，很可靠……我明明以為自己什麼都做得到。」

實際和同輩相比，郁實個性確實穩重，咲太也認為她真的很可靠。直到那時候，她都像這樣回應周圍的期待。郁實昔日大概是有求必應吧，努力讓自己做得到，完成所有要求。

不過，國中的那個事件過於反常。

以花楓被霸凌為開端，思春期症候群發作，甚至出現解離性障礙。要求一個國中三年級生獨力解決才奇怪。

說起來，這本來就不是郁實應該背負的問題。

然而郁實沒拿這個當藉口，從那時候就一直……直到今天這一天……

「我想，結果我只是在那時候跌倒……不知道該怎麼做，也沒能爬起來。」

這種正經的個性一定變成了思春期症候群的主要成因吧。郁實有著率直、頑固、嚴以律己的一面，這也成為郁實的特色。

「你今天是為了聊這種回憶才引誘我來到這裡？用假留言引誘。」

「沒人受傷是好事吧。」

「說得也是，不過下不為例喔。多虧你這麼做，同學會也來不及參加了。」

郁實將視線移回大海。

教室的時鐘指針來到下午四點，同學會開始的時刻。幹事大概開始致詞帶頭乾杯了吧。

「不是因為有男友的女生會來跟妳炫耀，妳才不去嗎？」

「我姑且想盡到班長的職責。」

很像她會說的理由。

「現在這個狀況，就某種意義來說也是同學會吧？畢竟身在回憶中的教室。」

「對你來說是這樣。」

郁實以有點傻眼的聲音拋下這句話。

臉上寫著「和我無關」，露出為難的笑。

不過，這是錯的。

咲太知道這是錯的。

已經察覺了。

所以為了說這件事，咲太刻意選擇這間教室。

「赤城，對妳來說也是。」

「……」

聽到咲太若無其事說出這句話，郁實雙眼晃動，側臉看起來若有所思。不安的眼神像是在試探咲太的想法，想到某些事而稍微張開雙唇，最後什麼都沒說。郁實提高警覺，認為多嘴只會正中咲太的下懷。

實際上，咲太剛才那麼說就是想套話。

不過既然誘導失敗，要做的只有一件事，毫不客氣切入核心就好，反正說話不用錢。

「畢竟在另一個可能性的世界，妳也在這間教室上課。」

「……」

郁實沒回應，只是不斷自然地眨眼，看著眼前遼闊的大海，看起來沒特別吃驚。相對地，也沒對咲太的發言一笑置之。

後來，郁實緩緩吸一口氣。

「這陣風，好懷念。」

她逕自低語。

來自海面的風拂動郁實的頭髮。

「潮水的味道，還有水平線……」

她按著頭髮繼續說。

咲太也一起看海，同時以餘光感受郁實的存在。

「明明全部和那時候一樣，卻已經覺得好懷念。」

咲太與郁實從這裡畢業之後變成大學生，改變的是他們兩人，所以會覺得懷念。直到一年前，從校舍可見的天空、大海與水平線景色，明明是隨時伸手可及的日常……如今卻變成了特別的事物。

日常轉變為回憶，在不知不覺間。

「你為什麼會知道？」

沐浴在夕陽下的郁實聲音乘風而來。

「我覺得某些地方不對勁，是在入學典禮那時候吧。」

「……」

「赤城，妳當時明明特地來找我說話，後來卻完全沒有吧？」

現在回想起來，這個行動明顯不自然。

「哎，不過直到最近，我也幾乎不在意這件事就是了。」

咲太覺得這樣也好，繼續過著大學生活。因為他沒有要主動和郁實拉近距離的意思，也沒這個必要。

「那麼是在萬聖節之後嗎？」

「是這樣沒錯。在那之後，我注意到某些地方怪怪的。」

「比如說？」

「像是妳和上里交情很好。」

認識的人互相產生連結，而咲太不知道，或許也會有這種偶然吧。不過郁實與沙希的組合也確實令他覺得事有蹊蹺，如果兩人是在大學認識，感覺交情也太好了。

「因為在高中，我們二、三年級同班。」

這是另一個世界的事。在這邊的世界，郁實根本沒就讀峰原高中，不可能同班。

「初次見面時我叫她『沙希』，她一臉疑惑地看向我，是我來這裡的第一個失誤。不過我謊稱她和我的某個朋友很像，後來就經常交談了。」

郁實回想起那時候，嘴唇帶著笑容。

「還有妳交過男友那件事，我以為是謠言，卻是真的。」

「這邊的沙希也對我說過，『感覺郁實很少和男生打交道，我好擔心』這樣。」

郁實對異性的反應不像是有交往經驗的女生，至少看起來不像曾經住進男友家照顧對方。

「再來就是騷靈現象吧。」

「……」

「一般來說，遇到那種事都會嚇壞吧？」

郁實卻面不改色地接受，沒有害怕的樣子，因為她早就知道不會造成危害。

「是因為這邊世界的赤城前往那邊的世界，她在那裡的感覺傳送過來吧？」

那些感覺原本應該存在於那邊的世界，所以經由郁實的身體顯現在這邊的世界。關於這方面的想法，咲太已經得到理央的認同。

「手臂上的字也是去了那邊的赤城寫的吧？」

若是這樣，郁實的態度也情有可原。這麼做的人是她自己，存在於其他可能性的世界的另一個自己，所以敢說沒問題。郁實當時笑著說不必擔心，因為是她自己。

「……」

郁實沒否認也沒承認。

「到這裡都是你的臆測吧？」

相對地，她只問這個問題……

「我是在看過畢業紀念冊之後確信的。」

咲太說出她想要的最後答案。在那個時候，一切都連結起來了。

「你明明說過丟掉了。」

「我沒說謊。好像是搬家公司的人撿到，交給我父親保管。」

之所以瞞著咲太，是出自大人的溫柔。咲太發現的話只會又拿去丟掉。

「你這個人真麻煩。」

對郁實來說是這樣沒錯吧。溫柔不一定適用於所有人，咲太展現的溫柔可能會成為郁實的阻礙，就像這次一樣。

「赤城，妳說過我在畢業文集寫的內容吧？」

「總有一天，想達到『溫柔』這個目標。」

郁實朝天空說出這句話。

「我沒這麼寫。」

因為在那個時候，咲太還沒完整回想起「翔子小姐」的事。在夢中遇見不可思議的女高中生，大概只有這種程度的感覺，只覺得作過這種夢……

那個世界的咲太或許在更早的時期就取回「翔子小姐」與「牧之原小妹」的記憶。真的是在國中時代就取回了。正因如此，才得以將那句話留在畢業文集，也得以盡早解決花楓的問題。

「我不像另一個世界的我那麼優秀。」

郁實嘴角淺淺一笑，承認咲太說的對。

兩個世界非常相似，卻有少許不同之處。咲太與郁實都是如此，即使是相同的人物也有細微的差異，這種細微的差異也演變成明顯的差異。

比方說咲太表現得很優秀，郁實升上峰原高中……

「真虧妳可以一直維持平常心。」

也就是說從入學典禮算起半年以上……約八個月的這段期間，郁實一直位於這邊的世界，至今也繼續待在這裡。

「對我來說，這邊的世界比較舒適。」

「因為我不優秀？」

「沒錯。」

咲太以半開玩笑的心態這麼問，郁實卻帶著大半認真的表情同意。

「你看過我的畢業文集嗎？」

「想成為能幫助他人的大人。上頭是這麼寫的。」

「這個夢想，我在那邊的世界沒能實現。」

「太早放棄了吧？」

大學生活還在初期階段，還有很多時間。即使如此，郁實卻斷言沒能實現，應該是基於某個原因吧。咲太想到某個可能性。

「因為有優秀的梓川同學，才沒能實現。」

剛想到這個可能性，郁實就說出來了。

「……」

「國中時代，沒能讓我做任何事情。」

「意思是……」

「即使妹妹遭受霸凌，梓川同學也自己解決了。」

她說的是那邊的世界。

「進入高中之後也一樣，幫助櫻島學姊、幫助古賀學妹、成為雙葉同學的助力……我想出力的問題，梓川同學全部獨力解決了。」

「……」

「我立志想成為的『某個角色』，最後不是由我扮演，而是梓川同學。」

如果那邊世界的咲太真的是在國中時代取回記憶，那他即使發揮出令郁實困惑的強大行動力也不奇怪。

和翔子相關的一連串經驗大幅影響咲太的人格，甚至可說成為骨架，確實讓咲太變成大人。這在某方面來說也是預知未來，一無所知的郁實不可能對抗得了，因為咲太作弊。

「即使花費高中的三年時間，我也沒成為任何角色，就只是在羨慕梓川同學……」

「……」

「考大學也落榜，別說成為『某個角色』，甚至沒變成大學生，一切都不順心。所以我每天都在想，想逃到不是這裡的某處……」

「然後就來到這邊的世界嗎？」

郁實緩緩點頭。

「回過神來，我站在大學的林蔭步道……在人群裡發現你。」

——你是……梓川吧？

——妳是……赤城吧？

——嗯，好久不見。

這是當時發生的事。接著和香與卯月一起前來，咲太和郁實沒有繼續對話。

「我還以為在作夢。」

「嗯，說得也是。」

咲太也這麼認為。

「然而那不是夢。我之所以能這麼認為，是因為我在那邊的世界見過你一次。」

郁實的視線筆直捕捉到咲太。

「……」

「二年級的冬天，你來過『這邊』吧？」

咲太沒想到她會察覺。

「妳居然知道。」

「因為我總是看著你。」

這句話絲毫沒有酸甜的感覺，只透露著寂寞。

「而且第二天，梓川同學不記得那天說過的話，我一直覺得哪裡怪怪的。」

郁實自己來到這個世界之後，這個疑問得以解除。不只在心態上接受，同時促使她承認另一個可能性的世界確實存在。以結果來說，或許也令她相信思春期症候群是真的。

「我做錯了。那件事完全是我造成的，那邊的我沒有錯。」

「不，我反而很感謝你。或許多虧有你，我才能夠來到這個世界。」

老實說，咲太不知道其中是否有因果關係。不過也可以推測咲太那次來回，在兩個世界之間形成了通道。借用理央的說法，兩個世界經由咲太的認知，塑造為現在的可能性。

「……妳沒想過要回去嗎？」

「沒想過，現在也不想。」

郁實立刻回答。

「……」

「在這裡，我是第一志願大學的『大學生』，是志工團體的『代表』，也是……」

「正義使者。」

郁實稍微放鬆表情，像是在說都已經是大學生了，形容為「正義使者」不太合適。

「在這個世界，我成了心目中的自己。」

所以不想回去，沒必要回去。只不過偶爾會出現騷靈現象，不是太大的問題。

郁實在這個世界生活的每一天充實得令她如此堅信。她獲得了在那邊的世界沒能成為的理想的自己。

表現為一名完美的正義使者，就像在校慶那時候因為沒人受傷，由衷露出安心的微笑……

郁實的言行合情合理。

但是只對咲太來說不合邏輯，缺乏連貫性，在現在這一瞬間也不例外。

「既然這樣，為什麼要找我比賽？」

如果想守護充實的現在，遠離咲太就好。說到唯一察覺郁實謊言的人非咲太莫屬，這麼簡單的事情，郁實不可能不懂。

「因為我認為在這個世界贏得了你。」

這也是她的真心話之一吧。

「那麼，明明妳輸了這場比賽，為什麼現在卻鬆了口氣？」

咲太緩緩說完，筆直注視郁實。

注視表情平穩的郁實……

「因為……」

郁實沒說幾個字就語塞。她不擅長騙人，所以說不出謊。

「……」

等了一陣子，郁實依然沒說下去。

「其實妳希望有人察覺吧？」

「……」

對於咲太的問題，郁實沒移開視線，正面承受。

「察覺位於這裡的不是真正的赤城郁實。」

「……為什麼這麼認為？」

細微的聲音乘風而來。

今天在這裡聽郁實說的一切，應該都是她的真心話。

這個世界很舒適。

在這個世界成為心目中的自己。

過著充實的每一天。

所以想一直待在這裡。

其中沒有半句謊言。

如果對方不是郁實，這件事會就此結束。但是說來可惜，她是赤城郁實。

——想成為能幫助他人的大人。

是會在畢業文集這麼寫，為了達成訂下的目標而邁進的赤城郁實。

這樣的她不可能沒這麼想。

「赤城，你不會原諒逃避的自己。妳沒這麼放縱自己。」

所以她肯定希望有人發現作弊的她。

過著充實生活的同時，總是意識到自己的罪行。
內心某處應該認為不能這樣下去。
愈是接近心目中的自己，愈是過著充實的每一天……罪惡感就愈是在郁實內心膨脹吧。
正直得不懂變通，只能這樣活下去的正經個性。
咲太認為赤城郁實就是這樣的人。
「總之，就是這麼回事……所以我算是找到妳了吧？」
咲太說話時，郁實沒移開視線，現在依然目不轉睛地看著咲太。她的雙眼不知不覺變得溼潤，淚珠在眨眼的時間點滑落。
「其實我從小就擅長捉迷藏。」
含淚的聲音變得嘶啞。
「但我沒想到可以一直這樣下去……」
以郁實的個性應該會這麼想吧。
「沒人察覺，沒人發現……我搞不懂自己的存在了。大家看見的我明明不是真正的赤城郁實，大家卻都把我當成赤城郁實。明明不是，我卻甘願成為赤城郁實。」
正常來說不會察覺，不可能發現。即使覺得「哪裡怪怪的」，頂多只會擔心對方：「發生了什麼事嗎？」到底有誰會認為是另一個可能性的世界的居民混入其中？

在平穩的大學生活中，如果有人說出這種話，立刻就會被當成怪人。即使這是真的……常識站在眾人那一邊，常識會成為單一某人的敵人。世界會變成敵人，某種看不見的力量只存在於人類創造的人類社會，掐住人們的喉嚨。

「如果由我來取代這裡的我也沒問題，那『我』到底是什麼？我一直這麼想。」

「這麼一來，妳就稍微懂了吧？」

「一點都不懂……」

郁實投以依賴般的眼神。

「赤城，妳是把所有事情攬在自己身上的貪心的傢伙。」

眼中映著大海的咲太對她這麼說。

「……」

「個性正經得讓人發笑，很適合扮裝成護理師。」

窗外夕陽西沉，逐漸消失在江之島另一側。

「這就是妳。」

「這是怎樣……」

郁實有點傻眼般露出笑容。

「明明幾年之後就不是扮裝了啊。」

「到時候，我對妳的認知會修改成『很適合穿護理服』。」

被夕陽照亮的郁實側臉已經看不見淚水。

3

去一趟學務室之後走到戶外一看，天空完全是夜晚的樣貌。

走向校門的咲太腳步聲旁邊也有郁實的腳步聲相伴。

「那一天，我們也像這樣一起走。」

郁實看著前方呢喃。

她說的「那一天」，是咲太前往另一個可能性世界的那一天。和現在位於這裡的郁實相遇的那一天。

「還記得當時說了什麼嗎？」

「妳罵我說值日生日誌要好好交給班導。」

「那是提醒，不是在罵你。」

郁實說完笑了。

「我當時很害怕就是了。」

「……不過，真虧你還記得我。」

「是在那天見面之後想起來的。『這麼說來，國三好像同班』這樣。」

留在腦中的記憶就是這麼模糊又稀薄，所以咲太是在那邊的世界才清楚認識並且記住赤城郁實這個人。

要不是當時見過郁實，即使大學入學典禮那天被搭話，咲太應該也無法回應：「妳是……赤城吧？」而會反問：「妳是誰？」

「因為這樣，我才會對妳有印象吧。」

「……」

郁實沒回應，和那天一樣，就這麼看著前方走在咲太身旁。不過並不是什麼都沒說，至少郁實問了「記得我說了什麼嗎？」進行對話。

「那個時候，妳原本要對我說些什麼吧？」

——梓川同學。

她當時以有點緊張的聲音叫咲太。

像是下定某種決心的眼神只在一瞬間朝向咲太。

「看來你忘記我後來說了什麼。」

「妳說：『沒事。忘記吧。』對吧？」

說起來挺奇怪的，因為咲太記得郁實要求他「忘記」的事。

「後續的話語，妳對那邊的我說了嗎？」

「那天如果我把話說完，你會怎麼樣？」

臉上掛著為難表情的郁實回以這個問題。

「總之我應該會樂壞了。」

「……明明有那麼出色的女友？」

「我不是萬人迷，不會因為被人表白而感到困擾。」

「梓川同學，你都不會正面回答別人的問題耶。」

「妳也是。」

彼此將話題錯開一半左右，大多是這樣的對話。

「明明知道會被拒絕，表白還有意義嗎？」

郁實聽完咲太說的話後輕聲一笑，再度發問。

「曾經有一個人，我沒能把想說的話對她說，就這樣再也見不到她了。雖然追尋過，卻找不到……當時我一直心想要是更早對她說出口該有多好。」

「所以說出來比較好。這是你想說的意思嗎？」

「我只是在說自己的經驗。」

咲太不知道怎麼做對郁實最好，只能像剛才說的那樣提供自己的經驗。

「……知道了，我會參考。」

郁實思考片刻之後一臉正經地這麼說。使用「參考」這個詞很像她的作風。

「那邊的我很優秀，所以對他說什麼都沒問題吧。」

應該凡事都能妥善處理。

「不管是喜歡、討厭、火大、礙眼，想說什麼儘管對他說。」

「我會說是這邊的你慫恿的，可以嗎？」

「請自便。」

反正咲太不會遇見另一個世界的咲太，以量子理論來說無法同時存在——理央之前是這麼說明的。

聊到這裡，兩人穿過校門來到平交道前面。就在這時，通知電車接近的警鈴聲響起，彷彿等待咲太他們的到來。

看得見從鎌倉方向開往藤澤的電車平緩地轉彎駛來。要回去的話搭那班電車比較方便，一旦錯過，下一班車要等十幾分鐘。

高中時代養成的習慣使得腳步自然加快。咲太完全穿過交流道的時候，柵欄剛好降下。

咲太旁邊沒有郁實的身影。

轉頭一看，郁實隔著柵欄與鐵軌站在另一側，距離是五到六公尺，用跑的只要一瞬間，但是這條路現在被封鎖。

「在這裡道別吧。」

為了不輸給警鈴聲，郁實大聲說了。

「已經可以了嗎？」

咲太也加大音量。

「因為好像準備好了。」

就像完成某項重責大任，郁實一臉灑脫地笑了，剛才在教室也沒露出這種開朗的表情。咲太不知道這副表情的意義，也不知道「準備」是什麼意思。

「這是什麼意思……」

咲太還來不及反問。

「『我』要傳話給你。」

郁實說完直接彎下腰，抓住寬管長褲的左邊褲腳，一口氣往上拉到看得見整條大腿的高度。

潔白美麗的腿。

上面以黑筆寫著一行字。

——在同學會等你

咲太愈來愈猜不透了，但是在猜不透的這份心情背後，咲太的身體也開始感到焦急。或許事情還沒結束，發生傷害事件的可能性或許依然殘留到現在……

咲太看見郁實表情的瞬間，這份懷念變成確信。

因為郁實看著為難的咲太，露出滿意般的笑容……

「看見了嗎？」

電車駛近，已經幾乎聽不到郁實的聲音。

「赤城，妳想做什麼？」

咲太大喊似的發問。

「拜拜。」

但是傳達給咲太的只有說著這兩個字的嘴型。

緊接著，從鎌倉方向行駛而來的電車進入平交道，緩慢穿過咲太與郁實之間。

每兩節車廂的型式不同，共四節車廂組成的電車。現在的咲太覺得這班電車特別長。在警鈴聲的催促下，等不及的心情從腳底往上竄，焦躁感纏住身體。每當車廂的連結處從眼前經過，咲太就會試著確認另一側，但只看得見一瞬間，所以沒能如願。

重複從車廂連結處確認三次之後，電車終於通過平交道。

被電車遮蔽的視野豁然開朗。

「……！」

咲太已經預測了，也有這種預感。

兩者都漂亮地命中，郁實已經不在該處。

即使如此，咲太的身體還是表現出驚訝，腦中產生新的疑問。

「……」

郁實剛才站的地方站著另一名女孩。

警鈴聲停止。

柵欄上升。

此時，揹著紅書包的小女孩一邊小心避免被鐵軌絆到腳一邊穿越平交道。

似曾相識的臉蛋。

酷似童星時代的麻衣的小女孩。

咲太直覺是以前遇見的小女孩。

帶咲太前往另一個可能性的世界的小女孩。

不過，她比當時長大了些。

第一次遇見的時候還是小學一年級左右。

最後看見她是在大學入學典禮那天，當時也還是低年級的面容。

但穿越平交道前來的小女孩看起來已經是五六年級生，外表的變化和流逝的時間計算不符。

酷似麻衣的小女孩沒在意困惑的咲太，改成小跑步從咲太身旁經過，飛揚的長髮掠過咲太的視野一角。

「等一下！」

咲太連忙轉身叫住她。

「……啊？」

然而小女孩的身影已經不在那裡。

「……」

是自己眼花嗎？咲太不這麼認為。然而現在沒時間深入思考這件事。

——在同學會等你

既然郁實這麼說，咲太只能去了。

要是真的犯下傷害事件，將是天大的麻煩。

成功將郁實叫來峰原高中的時候，咲太以為自己已經完成職責，但是完全出乎預料的延長賽就此開始。

4

咲太從七里濱站搭開往鎌倉的電車，分別在鎌倉、戶塚與橫濱轉搭橫須賀線、東海道線與港未來線，終於抵達目的地日本大通站。約一小時的電車之旅。

咲太下車來到月臺，快步走向驗票閘口。感應ＩＣ卡出站的時候走太快，大腿稍微撞到驗票閘門。

依照導覽板的指示，從靠海的出口來到地上時，咲太不顧一切拔腿奔跑。剛才在車站電子告示牌確認的時間是下午五點五十一分。

如果郁實給他的邀請函內容沒錯，那麼同學會只剩下九分鐘。

「我為什麼要做這種事……！」

一旦喘不過氣，抱怨的話語就會被焦躁的心情逼得脫口而出。

咲太不認為郁實真的會造成傷害事件，但他沒勇氣扔著不管逕自回家，要是發生什麼事將會備受良心譴責。既然知道了，咲太就只能選擇走這一趟。

這恐怕是郁實的目的。

說她在那裡等，引誘咲太前來。

不知道郁實在打什麼主意。咲太在前來的途中一直思考，卻得不出可能的答案。

咲太不懂郁實。他自認稍微理解的郁實是來自另一個可能性世界的郁實。原本在這邊的郁實是什麼樣的人物，咲太幾乎不知道也不記得。

唯一確定的是，既然另一個世界的郁實回到原本的世界，本來位於這邊的郁實也從另一個世界回來了。

——在同學會等你

既然留下這種訊息，那她就會在同學會的會場。

既然不知道她和咲太認識的郁實有什麼差別，也就不會知道她會做出什麼事，導致內心逐漸變得不安。

綠燈之後穿越一條大馬路，沿著這條路直走會抵達一座提供豪華客輪停泊的大碼頭。

過了馬路前方的店就是目的地。具有時代感，氣氛迷人的西式建築。這也是橫濱別具特色的一面。

咲太調整好呼吸之後打開店門。

進入店內，裡頭傳來說著「歡迎光臨」的聲音。收銀檯旁邊的時尚畫架擺著一塊小黑板，上面寫著「同學會來賓請上屋頂露臺」。

看見這段訊息的咲太踏上階梯。

「今天樓上包場。」

剛才的店員走過來這麼說。

咲太拿出身上的邀請函給店員看。

「啊，請上樓。」

店員隨即改變態度，恭敬地請咲太上樓。

店內時鐘顯示時間是五點五十五分，距離同學會結束還剩五分鐘。他們應該沒想到會有人在最後關頭前來參加吧。

二樓、三樓，咲太慢慢上樓避免氣喘吁吁。再來只剩下通往樓頂的階梯。一階階往上走，從眼前那扇門的後方感覺到許多人的氣息，接連傳來說話聲與笑聲。

咲太隔著門感受這一切，轉動門把來到戶外。

視野一下子變得開闊。

從座落在海岸的餐廳樓頂眺望，海邊的景色一覽無遺。正前方所見是停泊在大碼頭的豪華客輪的燦爛燈火，左手邊是點亮照明的紅磚倉庫，右手邊則是海灣大橋的燈光朝海面延伸。

沒有座椅的會場大約有二十五人，全班三分之二左右的同學聚集在這裡。

他們分成五到六組團體，享受著聊天、餐點以及樓頂的風景。

沒有立刻發現咲太。

咲太走到擺放料理的中央餐桌時，聚集在入口附近的一群人終於將視線朝向他。

瞬間，他們的對話停止，隨即感到驚訝與困惑……不久之後化為騷動。這股騷動傳染給旁邊那群人，進而波及另一群人。

最後，所有人的視線集中在咲太身上。

「喂，那個人……」

「是梓川吧？」

「為什麼？」

「誰找他來的？」

「天曉得。」

兩側傳來這樣的悄悄話。

咲太不以為意，繼續走向樓頂中央。一步，再一步。在咲太前往的地方，看得見一名女性的背影。

這名女性沒加入任何一個團體，將烤牛肉送入口中。沒人在意她的存在。獨自位於樓層正中央的她明明顯然格格不入……明明反而很醒目……

不是被咲太吸引了注意力，恐怕是因為沒看見她。

現在也是，老同學們的視線依然集中在咲太身上。咲太視野一角的男生以眼神說著「你去搭話吧」、「你自己去啦」相互推托。

在這樣的狀況下，咲太站到「她」的背後。

「赤城。」

叫出她的名字，輕觸她的肩膀。

下一瞬間，一陣驚慌竄過會場。老同學們的表情被驚訝所支配，所有人都說不出話。

「咦？」

「呃？」

「啊？」

「唔？」

到處只出現這種情感，無法化為有意義的話語。他們的視線不是朝向咲太，而是郁實。

看在老同學們的眼中，郁實應該就像突然出現在空無一人的地方。

為了整理內心不敢置信的情緒，他們面面相覷，問著：「剛才是怎麼回事？」「郁實，原來妳在啊？」「什麼時候來的？」尋求答案。

「大約一小時前我就一直在這裡了喔。從藤野同學遲到，跟大家乾杯打招呼那時候。谷村同學打破玻璃杯的時候，中井同學向鮎澤同學表白的時候……我都在這裡。」

「……」

大家都說不出話，證明郁實說的確實都是這裡發生過的事。看得出所有人臉色逐漸鐵青，無言的慌張支配著同學會的情緒。

咲太雙眼聚焦在郁實的手上。拿刀子的右手；拿叉子的左手。咲太搭話的時候，郁實用來享用烤牛肉的那副刀叉現在還在她手中。換個使用方式就可以成為凶器的餐具……

郁實握著這副刀叉，轉身面向咲太。

「梓川同學，好久不見。」

長相與聲音都是郁實沒錯，但是咲太覺得眼前的郁實好陌生。首先，她身上的氣息不一樣。剛才碰觸肩膀的時候，手心沒傳來特別的緊張感。對於咲太手掌的觸感，她的肩膀沒做出嚇一跳的反應。

「記得我嗎？」

感覺這種說法也和咲太認識的郁實不一樣。咲太認識的赤城郁實不會也不敢說這種話來試探男生。

「忘了。」

咲太記得的是在另一個可能性的世界見到的郁實，從另一個可能性的世界來到這裡的郁實。

咲太果然將國中時代的她忘得一乾二淨。像這樣實際見到本人，這份認知變成確信。

「這樣真不好受。」

對於咲太的回應，郁實含糊一笑，就這樣帶過。

周圍的老同學屏息看著兩人的互動。咲太知道他們正在慎重觀察應該在何時加入對話。

在受到眾人注目的這種狀況，應該不想當第一個發言的人吧。

郁實環視這些老同學之後，將刀叉整齊地擺在盤子上。

「看見剛才的現象了吧？」

郁實詢問老同學們，但還是沒人敢回答。郁實不在乎他們的反應。

「我也罹患了思春期症候群。」

她將這個關鍵詞投入沉默中央。

「等一下啦，赤城。」

終於有一個男生開口。

「就是說啊，郁實，這樣不好笑。」

旁邊的女生接著這麼說。

即使從否定的角度切入，兩人的表情卻都很僵硬。剛剛才親眼目睹不可思議的現象，所以無法全盤否定。

然而咲太認為這正是郁實的目的。

因為只有體驗過的人才會相信。這就是思春期症候群……

「如果認為這是魔術，誰能說明是怎麼做到的嗎？」

郁實冷靜地回應。

逐一看向老同學，要求他們發言。但是到最後都沒人開口，現場處於不敢開口的氣氛。

「思春期症候群確實存在。這是真的。」

郁實的話語靜靜落在鴉雀無聲的會場。

「當年錯的人不是梓川，是我們。」

「……」

對於郁實的主張，老同學們一齊保持沉默。不過這次的沉默沒持續太久。

「事情都過去了啦，郁實。」

和剛才不同的另一個女生開口，她身邊圍著四五個服裝風格相似的女生。開口的是位於團體中心的人物。

「思春期症候群？妳以為我們幾歲了？」

她以責備般的語氣詢問郁實。已經過生日的話是十九歲，還沒過的話是十八歲。

這裡沒有人老實到會乖乖回答這個問題。

「我受夠了。因為梓川鬧事，後來老師的監視變嚴格，爸媽也嘮叨有的沒的，上高中之後也一樣！每次聊到國中母校都會被問那時候的事……就像被當成什麼嫌犯看待！」

咲太覺得每當她說一句話，每當她透露不耐煩的情緒……老同學們的心就更加團結。

「我今天來到這裡之前也很擔心耶，畢竟國中畢業之後幾乎都沒聯絡了。」

她周圍的女生同意般微微點頭。包圍咲太與郁實的老同學的視線也對她這番話有共鳴。

這是同班同學們心目中的真實，當時的事件在他們眼中是這個樣子。

咲太害他們倍感困擾。國中時是如此，即使升上高中也是。

「不過幸好有來參加。我直到剛才都這麼想！」

對此，老同學們也默默同意。

「因為和大家聊天讓我回想起即使是覺得爛透了的國三時期，也發生過快樂的事。」

對於她代表三年一班全體意見的這段發言，郁實只是正面接受，獨自承受老同學們責難的視線。

「不要又把氣氛搞砸好嗎？而且不是別的，偏偏又是思春期症候群！」

煩躁的情感一口氣發洩出來。

「就是說啊，郁實。」

「妳想做什麼？」

周圍的女生也逐一附和。

即使如此，郁實的表情還是沒變。

「里菜，妳明明覺得不安，為什麼還要參加同學會？」

默默聆聽到現在的郁實終於開口，詢問位在女生小團體核心的女生。看來她叫里菜。即使聽到名字，咲太也想不起她姓什麼，說起來或許根本沒記過，那就無從想起了。

「……」

對於郁實的詢問，叫作里菜的女生保持沉默。

「大家也是，明明感到不安，為什麼要來參加？」

這次郁實詢問老同學們。

郁實恐怕知道答案，明知故問。她的詢問方式就是這麼壞心眼。而且咲太對「答案」也心裡有數。

「我夢見今天的同學會。」

郁實並沒有針對特定對象這麼說。

「……」

沒有任何人回應。

「里菜妳也有留言吧？加上『#夢見』。」

「……」

對於郁實的指摘，里菜保持沉默。

「大家也是吧？」

「……」

仍然沒有任何人回應。在這個狀態下不能承認。因為在國中時期，在不久的剛才……他們都否定思春期症候群的存在。

要是他們在這裡承認，會和自己的理論產生矛盾，自身主張會失去根據。這等於承認自己的錯，承認自己的罪。所以他們在抵抗，堅守這陣令人喘不過氣的沉默來抵抗。

和國中時代一樣，自己打造的氣氛沉重地壓在他們身上。

「當時大家都說過吧？說『梓川很糟糕』。」

「……」

沉默已然代表肯定。

「不過糟糕的是我們。」

「……」

「因為自己無知而鄙視梓川同學，因為錯誤的認知而傷害他……在他身上貼標籤說他腦袋有問題，毀掉他的人生。」

郁實的聲音在顫抖，確實感覺到深刻的後悔。煎熬與懊悔全部混在一起，賦予郁實的話語力量。

「即使察覺錯誤卻不做任何補償，繼續歡笑，這樣的我們糟糕得多。」

老同學們臉上的表情消失，看來被郁實說的話束縛了全身。郁實的話語就是這麼刻薄，因為正確而具備危險的美感。

「就……就算這樣，這種事也真的都過去了吧！」

頭髮染成褐色的男生任憑情感驅使丟出這段話。這應該是現場老同學們的真心話，但是沒人出聲同意褐髮男生，甚至沒人以態度表示贊同。

大家判斷不該順著這個風向走。

「里菜說的沒錯。」

郁實無視插嘴的男生，沒看向眾人，視線落在地面低語。

「因為那場騷動，我後來也完全不順利。」

「郁實……」

「升上高中也一點都不開心，每天都好難受。我就是這麼忘不了這件事。」

「既然這樣……為什麼？」

里菜以求助般的眼神看向郁實。

「就算這樣，也只有梓川同學有資格說『事情都過去了』。」

郁實的視線朝向咲太。

老同學們的注意力也跟著集中在咲太身上。

坦白說，在這種狀況受到注目也沒什麼好高興的，毫無樂趣可言。不過咲太一直在等待這一瞬間，因為這是插話的絕佳機會。

咲太輕輕吸一口來自海面的風。

「整人大成功～～」

接著以笨拙的演技搞笑。

老同學們沒反應，大概還不知道該怎麼理解這個狀況吧。如果他們繼續保持沉默，反倒正合咲太的意。

「哎呀～～進行得很順利耶，赤城。」

「……」

郁實投以困惑的視線。

咲太視若無睹，繼續說下去。

「我和赤城上同一所大學，聽到要辦同學會的消息，我就請她協助了。」

「不對，不是這樣……」

「魔術很精彩吧？赤城的演技也很逼真，我想喊停都停不了。」

老同學們不發一語，目不轉睛地注視咲太。

「這一切都是在開玩笑，我想各位應該是不會在意啦，不用在意沒關係。國中時代的往事，現在真的都過去了。」

「……」

大家臉上都失去表情，僵住般看著咲太。

「而且我的人生也沒毀掉。坦白說，我覺得自己比各位幸福得多。你們可能看過記者爆料所以知道，我和那位『櫻島麻衣』在交往，總之有種『你們活該』的感覺？」

「……」

所有人不發一語，郁實也保持沉默。

「這時候應該笑吧……」

明明是想緩和氣氛才這麼說的，卻沒有任何人笑，只有咲太臉上掛著苦笑。看來也有老同學將剛才那段話當成咲太的真心話。

但是咲太沒打算特地補充說明更正，覺得這樣也好。

實際上，咲太內心確實存在著優越感。

雖然沒想過要給這些老同學幾分顏色瞧瞧，以結果來說卻變成這樣。對此，咲太內心稍微萌發了一種壞心眼的情緒。

既然這樣，腫瘤就徹底扮演腫瘤應有的模樣吧，這麼做比較輕鬆。

「我今天是來說這些的。」

反正今後不會再見面了吧。

「打擾了，告辭。」

咲太微微舉起手打招呼後轉過身，沒有任何人向他道別，就這樣離開了同學會會場。

5

來到店外，咲太沒走向距離最近的日本大通站。

發生各種事的國中時代。再次見到這群同學，咲太心情明顯起伏不定。他不想就這樣直接回家，便朝著遠方所見的地標大廈燈光踏上沿海的道路。

走了約五分鐘，右邊可以看見紅磚倉庫的照明。看向遠方，從大樓後方露出半張臉的摩天輪燈飾一閃一閃地招手。

換句話說，櫻木町車站在那個方向。

咲太以摩天輪的燈光為路標，從人聲鼎沸的紅磚倉庫前面經過。星期日的今天似乎在辦活動，太陽下山的現在，倉庫前的廣場依然聚集了人潮。

遠離這陣喧囂之後，咲太來到雙向共四線道的車道以及被綠意覆蓋的中央分隔島，一座巨大的環狀天橋橫跨在上方連結。沒有行人專用號誌，所以只能走天橋。

還以為是正圓形，走上去才發現是橢圓形，像田徑跑道的形狀。

在天橋上走了大約四分之一圈的時候，咲太停下腳步。

背後的女鞋腳步聲也停了下來。從途中一直跟著咲太的腳步聲，咲太是在看見紅磚倉庫時察覺的，不過大概是離開同學會的餐廳那時就跟過來了吧。

「這樣妳滿足了嗎？」

咲太沒有轉過身，直接如此詢問。

「滿足什麼？」

預料中的聲音如此回應。是赤城郁實的聲音。

「全都按照計畫順利進行吧？」

咲太說完轉過身來，郁實臉上帶著為難的表情含糊微笑。

「你說的『計畫』是什麼？」

「將國中同學聚集起來，在我面前要求他們承認思春期症候群的存在。是這種計畫吧？」

咲太認為郁實就是為此而籌辦同學會，然後用「#夢見」寫下傷害事件這種漫天大謊，引誘咲太參加。

咲太沒想到郁實會使用他自己用過的手段。
郁實不會說謊。
咲太原本這麼認為。不對，如今咲太覺得郁實是誤導他這麼認為。
「被發現就沒辦法了。」
郁實言不由衷地如此低語。
「老實說，內心不是很痛快。」
接著她靦腆地補充這一句。
「妳把大家和我都牽連進來，心態應該灑脫一點吧。」
不然就徒勞無功了。
「說得也是。朋友都沒了，這樣甚至沒辦法當成笑話看待。」
聽到咲太幾乎是開玩笑的這句話，郁實無力地笑了。
「今天的事情，妳是從什麼時候開始計劃的？」
「罹患思春期症候群的時候。當時我覺得這麼做才正確。」
這種說法很符合郁實的個性。「正確」這個詞非常適合郁實，對這個世界的郁實也一樣，否則在同學會就不會發生那件事了吧。
「但是我沒能立刻去做。」

像是要將咲太的視線帶過，郁實的雙眼追著下方行駛車輛的車尾燈。深藍色車輛在路口轉彎，朝著馬車道站的方向遠離。

「我在大學入學典禮發現你……然後受到打擊。」

咲太也跟著以雙眼追著下方行駛的車輛。

「你心平氣和地站在那裡，像是將那段往事忘光了似的帶著笑容……」

「……」

「我至今都忘不了那時候，覺得什麼都做不到的自己好丟臉，認為這樣的自己見不得人。」

「我也什麼都做不到。」

「可是我覺得自己輸了，明明認為自己是正確的……」

郁實落寞地說完，將視線移回咲太身上。

「……」

郁實看起來像在哭泣，咲太不知道該對她說些什麼。

「明明你已經重新振作，我卻連一步都沒前進。想到這裡就覺得好悲慘，再也不敢待在那個地方，由衷想要逃走。」

「妳逃得還真遠啊。」

因為她光是在這個世界逃跑還不夠，甚至逃進另一個可能性的世界……

「但我沒資格說別人就是了。」

這句話令郁實輕聲一笑。

「不過我一開始以為是在作夢。」

「是啊。」

咲太也一樣。來自另一邊的郁實也這麼說過。

「在那邊的世界過了一天……我以為隔天早上就會回來，卻依然在那邊的世界。我只能認定這是真的。」

「沒想過要立刻回來嗎？沒有這個意願？」

「我會不安。」

剛才還是紅燈的號誌轉綠，車流從橫向變成縱向。

「可是經過三天，經過一星期……經過一個月的時候，我開始覺得維持這樣就好。」

「對妳來說，那裡是舒適的世界吧。」

「比這裡好得多。」

咲太眼中的郁實有些顧慮般微笑。因為這個世界不舒適的原因在咲太身上。

「在那裡，我大學落榜，過著重考的生活。」

和另一個郁實對咲太說的一樣。

「既然這樣，就省得在大學遇見我了。」

「最讓我感到輕鬆的是……國中時代的事件已經解決。」

「好像是我占據廣播室，用某種方式解決的。」

「嗯。」

雖然不知道詳情，不過咲太逃進另一個可能性世界的時候聽鹿野琴美這麼說過。

結果花楓沒再遭受霸凌，思春期症候群也平息了。既然母親沒失去育兒的自信，咲太也不必帶著楓搬到藤澤，一家人理所當然一起在原本居住的公寓生活。

「所以我想在這裡重新來過，覺得可以重新來過，覺得只要在這個世界，我就可以成為心目中的自己。」

「那邊的赤城也說過同樣的話。」

成為心目中的自己。

做自己該做的事。

兩個世界的郁實都採取相同的生活方式。

個性正經。

正義感強烈。

不會說謊欺騙自己。

正因如此，郁實才會在這裡。回到了這裡。

因為赤城郁實不會原諒自己繼續逃避下去，她沒這麼放縱自己……

對於昔日的罪過，她以這種方法懲罰自己。

「回答我，梓川同學。」

「什麼？」

「該怎麼做才能忘記一事無成，可惡的自己？」

對郁實來說，這大概是唯獨不想對咲太說的一句話。她不想這樣問認輸的對象咲太。

不過她想藉由說出這句話推動從國中時代就停止的時鐘指針。

郁實泫然欲泣的雙眼充滿像是依賴的情感。

「很簡單喔。」

「……真的嗎？」

「每天吃早餐，去學校，上課，和朋友閒聊，和喜歡的人共度快樂時光，打工，洗澡，刷牙，睡覺就好。哎，偶爾也會在夜晚想起討厭的事吧。這種時候會整晚無法闔眼，呼吸困難，在床上翻來覆去……回過神來已經睡著，在最壞的心情下被鬧鐘叫醒，不過只要吃過早餐，再次去學校就好了。」

要是按下一個開關就能將記憶與心情重置，不知該有多輕鬆。但是人類沒有被設計成這種構

造，沒有開關可以在瞬間刪除那一天的後悔。

所以只能花時間慢慢沖淡記憶，只能以新的回憶慢慢塗改。即使如此，還是會忽然因為小小的契機而回想起來……反覆經歷無法入眠的夜晚，勉強裝作若無其事過著每一天。

「忘記」就是這麼回事。

必須花時間跨越。

咲太以這種做法成為現在的梓川咲太。

今後肯定也會採取這種效率不佳的生活方式。

因為目前找不到其他方法。

「要持續多久？」

「這種事我怎麼可能知道？」

「……說得也是。」

郁實低頭輕聲說了。

「我真的是悲慘又丟臉。」

接著，她靜靜吐出堆積在胸口的情感。

「幸好妳是在今天明白這一點。」

「……」

「不是在明天、後天，一週後或一年後明白。」

既然是在今天明白，就可以從今天開始改變，可以從這裡開始。

「繞了一大段遠路就是了。」

看著下方的郁實緩緩抬起頭，看向橢圓形天橋的另一側。往反方向走或許可以更早抵達，不過即使就這樣繼續走也遲早能抵達的地方。

「梓川同學，你說的沒錯。」

「……嗯？」

對於咲太的疑問，郁實移回視線。

「幸好是在今天。」

說完，她害羞地露出微笑。

「對吧？」

咲太也跟著輕聲一笑。兩人維持這種氣氛，在橢圓形天橋上踏出腳步，就像時鐘的指針一步步慢慢前進……

「聽到你炫耀藝人女友的時候，大家都愣住了。」

「同學會就是用來炫耀的地方吧？」

「那樣很惡劣。」

「我會好好向麻衣小姐道謝。」

「不是向大家道歉啊？不過很像你的作風。」

「畢竟她今天一直保護著我。」

「……？」

郁實一邊走一邊詫異地看向咲太。咲太像要回答她的疑問，拿出藏在衣服底下的時尚雜誌。

封面上的麻衣拋媚眼露出迷人的笑容。

終章 Message

同學會這天晚上，精疲力盡地入睡的咲太作了夢。

莫名寫實，感覺像現實世界的夢。

內容是咲太去補習班兼職當講師，發現姬路紗良在等他，笑著對他說：「今天起請多指教，咲太老師。」

咲太變成紗良的指導老師，健人對此感到開心，樹里沒說話也沒反應。

不是一般那種支離破碎的夢，登場的也都是咲太身邊認識的人。後來咲太正常上課，上完課說「好，大家再見」放三人回家。

如此而已。

不過，被那須野踩著臉醒來的時候，咲太沒有從夢中清醒的感覺。那場夢真的像是現實。身體在夢中也有知覺，思緒也正常運作。紗良與健人的聲音餘韻至今還留在耳際。

「難道說，剛才那是『#夢見』嗎……？」

咲太不得不這麼認為。

「記得補習班的月曆是十二月一日吧？」

咲太記得在夢裡和紗良確定今後上課的日程。

今天是十一月二十八日，星期一。

十一月總共三十日，所以算起來是三天後，大後天。

「……哎，到時候就知道了。」

反過來說，那一天之前都不會知道。

如果只是普通的夢也好。

即使這是預知夢，也只會多一名學生，沒有任何問題。薪水會增加一名學生的份，對咲太來說反倒是有利無弊的夢。

後來咲太一如往常地前往大學，狂打呵欠上完上午的課。昨天的疲勞還在。

一起上課的拓海說：「約會太累嗎？真好啊，梓川。」擅自這麼想像而羨慕不已。

「講這什麼話，福山你昨天也摸了花子的乳房吧？」

「千葉牧場的荷士登乳牛是吧。那乳房真棒。」

好像是和上次聯誼的成員——良平、千春、明日香共四人一起去的。雖然嘴上那麼說，咲太認為拓海比他更享受大學生活。

到了午休時間，和麻衣在學校餐廳會合，難得沒有任何人打擾，得以兩人一起吃午餐。

平常大多會剛好和別人同桌（基本上是和香，最近是美織），幾乎無法享受兩人世界。

有人加入的話也有一個優點，就是不必在意周圍的視線……

雖說就讀這所大學的學生已經看慣麻衣，但是只要咲太和她在一起，眾人的視線還是會不時瞥向兩人。

這些人臉上帶著「為什麼是那個男生」的疑問。

不過和入學當初比起來已經少很多了……

咲太點味噌豬排套餐，麻衣點鹽味醬炸雞套餐，兩人各自吃完後喝了口茶。

「那個，麻衣小姐……」

此時咲太開口了。

「嗯？」

麻衣含著一口茶，從咲太身旁看過來。

「我有一件事必須向妳道歉。」

「又花心了？」

麻衣吞下口中的茶，隨口這麼說。

「我什麼時候花心過？」

「明明動不動就認識別的女生。」

麻衣面不改色地投出犀利的牽制球。看來最好趕快進入正題。

「我昨天跟別人炫耀了，說我和『櫻島麻衣』在交往。」

雖說當時是為了早點結束話題，對咲太來說，利用麻衣的名號也是情非得已。然而沒有其他更淺顯的方式讓大家知道他的人生沒被毀掉，這怎麼想都是最強的一步棋。

「沒關係啦。」

對此，麻衣輕聲一笑置之。

「因為這是真的啊。」

「哎，是沒錯啦。」

「難道你想說我不是你自豪的女友？」

麻衣露出壞心眼的笑容，歪過腦袋從下方注視著咲太。

不用說，麻衣當然是咲太自豪的女友。

麻衣的事是可以自豪的。

但是咲太不想當成自己的事情炫耀。

咲太對麻衣這麼說之前，有人向他搭話。

「請問可以坐這裡嗎？」

女生的聲音。咲太熟悉的聲音。

抬頭一看，郁實就站在餐桌前方。

「麻煩不要。」

「請坐。」

咲太與麻衣同時回以完全相反的話。

「……」

郁實一副不敢坐又不方便離開的樣子。

「妳是赤城小姐吧？」

麻衣問完再次說「坐吧」催促郁實。

「我去倒茶。」

麻衣拿著咲太的杯子起身，前往距離座位有一段距離的茶水供應區。

要是在她回來之前趕走郁實，咲太應該會挨罵吧。

「坐吧。」

郁實等咲太說完，在他正前方的座位放下托盤坐下。

鹽味醬炸雞套餐，和麻衣剛才吃的一樣。

「我開動了。」

郁實逕自這麼說完，先拿起味噌湯碗。

咲太以為郁實是有什麼事才來搭話，不過感覺她沒有要主動說些什麼。

咲太不得已，決定問自己在意的事。

「赤城，妳回到這邊真的好嗎？」

「什麼意思？」

「想說妳在那邊是不是有男友。」

「……什麼意思？」

郁實只改變音調，以相同的話反問。

「因為妳偶爾會扭動身子痛苦難耐。」

這恐怕正是咲太所目擊的騷靈現象的真面目，源自男女交往的某種感覺。應該是那個世界的體驗傳導到這邊的世界吧。

「……」

郁實不發一語，將鹽味醬炸雞送入口中。沒有否定，所以大概是正確答案。

「回到那邊的赤城應該會不知所措吧？因為突然有了男友。」

對異性反應那麼生澀的她就更不用說了。

「沒問題。」

「什麼意思？」

這次輪到咲太這麼問。

「因為分手了。」

「原來如此。」

這樣的話確實沒問題。

「他說我感覺很沉重。」

「確實有這種感覺。」

「……」

咲太老實地說出感想，結果被瞪了。看來即使說謊也應該安慰一下比較好。

「順便問一下，對方是哪位？」

「在這邊也交往過的人。」

「啊啊，那個人啊。」

記得好像叫高坂誠一。咲太只見過一次，沒什麼自信。

「這麼說來，你見過他了。」

看來是另一個郁實提供的情報。

「他好像想和妳復合喔。」

「……」

郁實對此沒有回答，帶著一副撲克臉嚼著炸雞，將搭配的高麗菜絲送入口中。

這方面的反應和咲太直到昨天面對的郁實完全不一樣。

「他有用手機聯絡，所以我知道。」

不久，郁實呢喃般這麼告知。這個話題就此結束——這句話令咲太有這種感覺。

既然這樣，就打住吧。

咲太也不想繼續這個話題。

「所以赤城，妳有什麼事要說？」

應該是有事才會刻意來到同一桌，坐在咲太的正對面。

郁實稍微揚起視線。

倒完茶的麻衣回來了。

「我不要在場比較好嗎？」

麻衣接下郁實的視線，站著詢問。

「不，因為和櫻島小姐也有關係。」

「和我也……？」

麻衣一臉疑惑地坐下。「什麼事？」她也以視線詢問咲太，但咲太同樣不知道是怎麼回事。

「就是這個。」

郁實放開湯碗，張開左手心給咲太與麻衣看。

——這邊的梓川同學要傳話給那邊的梓川同學

上面以美麗的字跡寫著這行訊息。是郁實的字。

「赤城，這是……」

咲太頓時懷疑那個世界的郁實又回來了。

「別擔心，我確實是在這個世界出生的我。」

不過，手心的訊息來自另一個可能性的世界。

「所以還沒完全治好嗎……」

「應該和你說的一樣吧？只能一步步跨越了。」

「……」

關於這方面，咲太已經沒什麼好說。既然郁實接受，如今應該不會發生奇怪的事態。咲太只能這麼認為。

「所以要傳什麼話？」

麻衣詢問咲太與郁實。

郁實收回左手。

相對地，她張開拿筷子的右手，讓咲太與麻衣看手心。

上面也寫著一段訊息。

這次是男生不工整的字體。

——找出霧島透子

——麻衣小姐有危險

咲太的字跡在手心寫著這兩行訊息。

後記

祈求風平浪靜的日子盡早來臨。

鴨志田一

14歲與插畫家
A fourteen and an illustrator.
作者 むらさきゆきや
插畫·企畫 溝口ケージ
5
Kadokawa Fantastic Novels

三個我與四個她的雙人遊戲

Kadokawa Fantastic Novels

作者：比嘉智康　插畫：服部充

當三重人格的男孩遇見四重人格的女孩，
織成了純度100%的愛情故事。

　　一色華乃實與囚慈、θ郎和輝井路三個人格相依為命的市川櫻介隊在高中重逢，提議重玩他們在小學時玩的多重人格遊戲，並且聲稱想實現這些人格以前的夢想。囚慈在這段不可思議相處中喜歡上了華乃實，但是，在第二度的流星雨之夜，他們迎來的是──

NT$190/HK$62

小惡魔學妹纏上了被女友劈腿的我 1 待續

Kadokawa Fantastic Novels

作者：御宮ゆう　插畫：えーる

第四屆KAKUYOMU網路小說大賽
戀愛喜劇類「特別賞」得獎作品！

聖誕節前夕被女友劈腿的我——羽瀨川悠太，遇見了穿著聖誕老人裝的美少女——志乃原真由。身為學妹的那傢伙，總是捉弄著正處情傷的我，卻又看不下去我自甘墮落的生活而做美味的料理給我吃——相近的距離教人心焦，有點成熟的青春戀愛喜劇登場！

NT$220/HK$73

六號月台迎來春天，而妳將在今天離去。

Kadokawa Fantastic Novels

作者：大澤 めぐみ　插畫：もりちか

為什麼非要等到一切都太遲時，才能說出最重要的那句話？

茫然憧憬著都會生活的優等生香衣、「理應是」香衣男朋友的隆生、學校裡唯一的不良少年龍輝、為了掩飾祕密而扮演香衣摯友的芹香。四人懷有自卑感、憧憬、情愫和悔恨。在那個車站，心意互相交錯，但人生中僅有一次的高中時光仍持續流逝⋯⋯

NT$220/HK$75

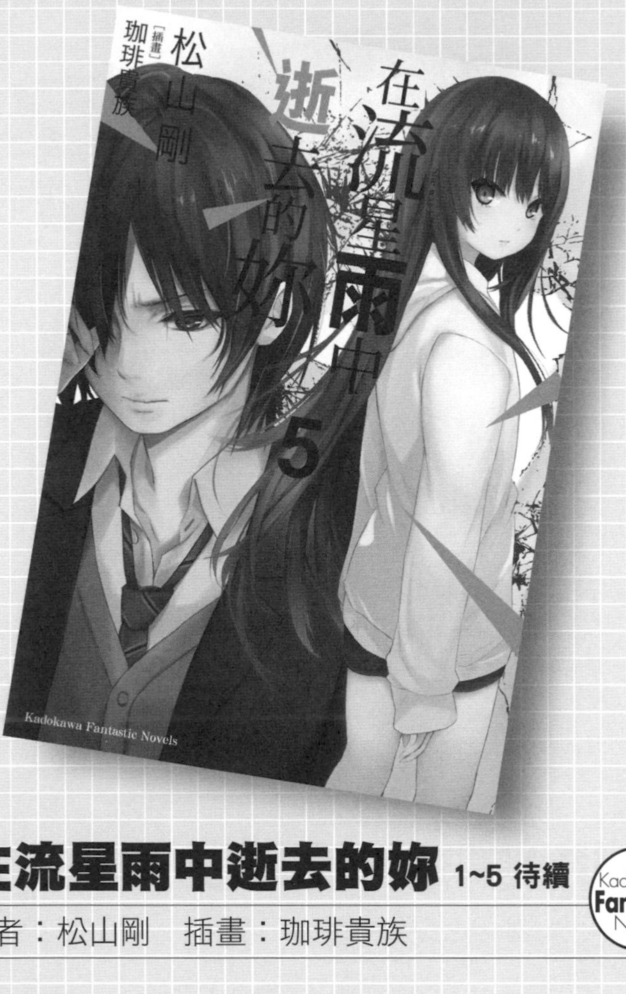

在流星雨中逝去的妳 1~5 待續

Kadokawa Fantastic Novels

作者：松山剛　插畫：珈琲貴族

「夢想」與「太空」的感人巨作，
迎來最高潮的第五集！

　　平野大地回到高中時代。神祕學妹「犂紫苑」出現，說了「我就是蓋尼米德」告知自己的真面目……與幕後黑手「蓋尼米德」的對決、伊緒的失蹤、潛入Dark Web、黑市拍賣、有不死之身的外星生命、手臂上出現的神祕文字、來自過去的可怕反撲——

各 **NT$250/HK$83**

我們不懂察言觀色 1~2（完）

Kadokawa Fantastic Novels

作者：銀 鏡鉢　插畫：ひさまくまこ

讓不懂察言觀色的我們籌劃婚禮？
自由自在的邊緣人們上演的學園破壞系愛情喜劇！

小日向刀彥無視在場氣氛的言行已稱得上是一種災害了。看不下去的學生會長下令，要他與同樣不懂得察言觀色的遺憾系美少女們組成志工社，學習人情世故。隨著解決委託而羈絆更加堅定的志工社，這次要在校慶上替班導師舉行婚禮!?

各 **NT$200/HK$65**

刮掉鬍子的我與撿到的女高中生 1~4 待續

Kadokawa Fantastic Novels

作者：しめさば　插畫：足立いまる　角色原案：ぶーた

上班族 × JK，兩人的同居生活邁入倒數計時!?
日本系列銷售突破70,0000冊！

沙優的哥哥一颯突然來訪，兩人的同居生活突然面臨結束。回家期限在即，沙優緩緩道出自己的往事，關於學校，關於朋友，關於家庭。沙優為何會離家出走，而來到這麼遙遠的城市呢？這段日子跟吉田住在一起，她所獲得的又是什麼？事態急轉的第四集！

各 **NT$220~250/HK$73~83**

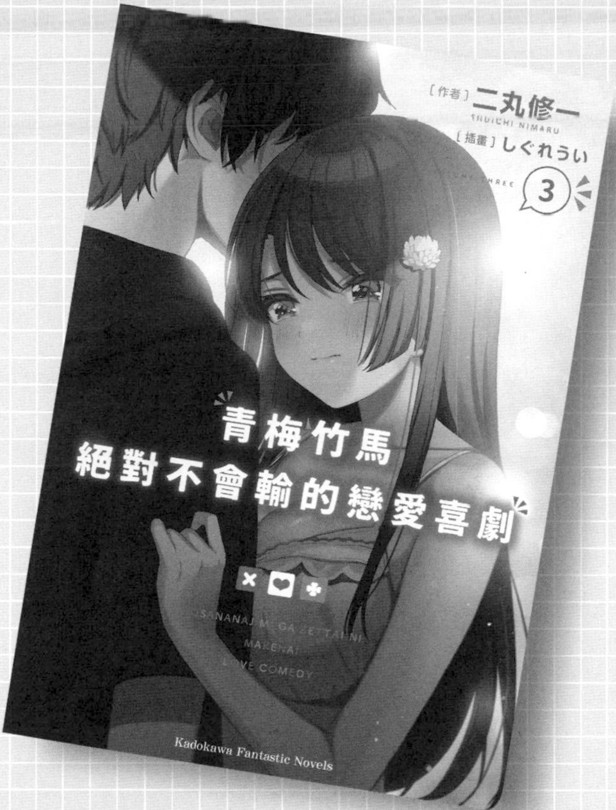

青梅竹馬絕對不會輸的戀愛喜劇 1~3 待續

Kadokawa Fantastic Novels

作者：二丸修一　插畫：しぐれうい

群青同盟這次要到沖繩拍攝影片！
在海邊穿上泳裝，白草即將展開反攻！

聽說要去沖繩拍影片，看女生們換上泳裝的機會來了嗎？只是目睹白草穿便服，我就心動得不得了。不過，我跟黑羽正在吵架，她肯定有什麼隱情，但這次我並沒有錯！除非她主動道歉，否則我不會原諒她！局勢令人猜不透的女主角正選爭奪賽第三集！

各 **NT$200~220/HK$67~73**

國家圖書館出版品預行編目資料

青春豬頭少年不會夢到正義護理師/鴨志田一作 ;
哈泥蛙譯. -- 初版. -- 臺北市 : 臺灣角川股份有限公
司, 2021.08
面 ; 公分. -- (Kadokawa fantastic novels)

譯自 : 青春ブタ野郎はナイチンゲールの夢を見ない
ISBN 978-986-524-737-9(平裝)

861.57 110011022

Kadokawa
Fantastic
Novels

青春豬頭少年不會夢到正義護理師

（原著名：青春ブタ野郎はナイチンゲールの夢を見ない）

2021年9月15日　初版第1刷發行
2024年8月16日　初版第6刷發行

作　　者：鴨志田一
插　　畫：溝口ケージ
日版設計：木村デザイン・ラボ
譯　　者：哈泥蛙

發 行 人：台灣角川股份有限公司
總　　監：呂慧君
總 編 輯：蔡佩芬
主　　編：林秀儒
編　　輯：孫千棻
設計指導：陳晞叡
美術設計：吳佳昫
印　　務：李明修（主任）、張加恩（主任）、張凱棋、潘尚琪

發 行 所：台灣角川股份有限公司
地　　址：104台北市中山區松江路223號3樓
電　　話：（02）2515-3000
傳　　真：（02）2515-0033
網　　址：www.kadokawa.com.tw
劃撥帳戶：台灣角川股份有限公司
劃撥帳號：19487412
法律顧問：有澤法律事務所
製　　版：尚騰印刷事業有限公司
ISBN：978-986-524-737-9

SEISHUN BUTA YARO WA NIGHTINGALE NO YUME WO MINAI

Edited by 電撃文庫
First published in Japan in 2020 by KADOKAWA CORPORATION, Tokyo.
Complex Chinese translation rights arranged with KADOKAWA CORPORATION, Tokyo.